BBULMEDIA

http://www.bbulmedia.com

아빠는
신입
사원

Contents

Episode 1

Chapter 1

"미안해 이 부장. 요즘 회사가 어려워서 말이야. 여차하면 부도 날 위기니 어쩌겠어. 회사방침이니 너무 속상해 하지 말고, 퇴직금 넉넉하게 지급한다고 하니, 그 돈으로 작은 가게라도 해 봐."

이선우는 마흔 살이다.

토끼 같은 아내와 여우같은 두 아들을 둔 가장(家長)이다.

회사 창립멤버로 입사하였다.

15년 동안 젊음 혈기를 모두 쏟았다.

하지만 고졸이라는 이유로 진급은 느렸다. 굳은 일도

도맡아하며, 자식들 얼굴도 제대로 보지 못한 채, 남아서 홀로 일한 날도 많았다.

하지만, 회사가 힘들어졌다. 아니. 힘들어진 것이 아니라 개혁을 단행하고 있다.

회사의 몸통은 커지고, 글로벌기업으로 성장하였다. 그에 맞는 인재가 필요한 단계라 여긴 모양이다.

초창기 멤버로, 회사의 희로애락을 함께 겪었던 많은 고졸 사원들이 일제히 정리되었다.

그 속에…… 아이 둘의 미래를 책임져야 할 마흔 살. 이선우도 있었다.

"힘내십시오, 이 부장님."

작은 박스에 짐 보따리를 싸고, 회사를 나서는 그의 옆으로 젊은 부하 직원들이 말했다.

힘내라고 하지만, 힘은 나지 않는다. 그들의 표정은 이선우의 작은 힘마저도 모두 빼 가 버리는 듯한 표정들이었다.

고작 고졸 주제에 명문대를 졸업한 자신들 위에 앉은 꼴을 그들은 보지 못하였다.

"이선우, 이대로 물러날 거야?"

회사 로비를 나서는 그의 뒤로, 함께 짐 보따리를 챙긴 몇 사람들이 나왔고, 한 사내가 물었다.

"어쩝니까? 회사에서 나가라는데, 무슨 수로 버팁니까?"

이선우는 축 늘어진 어깨를 한 채, 그들의 말을 무시하고 회사를 나섰다.

평범한 외모에, 대한민국 평균 남성의 키, 약간 나온 배와 적당히 곱슬 거리는 머리카락.

이선우.

그렇게 그는 마흔 살의 나이에 실업자가 되었다.

"아빠 오셨네. 인사해야지."

차마, 짐 보따리를 들고 집으로 들어설 수 없었다.

짐은 1999년식 낡은 마티즈의 트렁크에 넣어 둔 뒤, 집에 들어서자 아내의 상냥하면서, 평소보다 약간 높은 톤의 목소리가 들렸다.

진정. 토끼 같은 아내였다.

"아빠 다녀오셨어요?"

곧바로 이제 10살과 6살의 두 아이가 그를 반겼다. 야무지며 똑 부러지는 두 아들은 아내와 달리, 여우같은 기지를 발휘하는 녀석들이다.

두 놈 모두 사내아이다. 이선우는 항상 아내에게 감사하였다. 사내아이 둘을 키우는 것은 미륵조차 인내심에 한계를 느끼게 될 정도로 힘들다고 말하는 요즘이다.

그런데도 그녀는 두 아이를 예의바르며, 곱게 키웠다.

"오늘. 우리 지민이가 100점짜리 시험지를 들고 왔어요. 그래서 제가 특별히. 삼겹살 파티를 준비했답니다, 호호호."

아내는 아직 신발장에서 신발조차 벗지 못하고 서 있는 그에게 웃으며 말했다.

첫째인 이지민. 그놈이 처음으로 100점짜리 시험지를 들고 온 것에 집사람의 기분이 한층 밝아진 모양이었다.

이선우는 애써 어색한 표정으로 미소를 지어 주었다.

어제. 단 하루만 더 빨리 이 시험지를 들고 왔다면, 그는 아들을 안아 올리며 몇 바퀴를 돌려 주었을 것이다. 그리고 당장 마트로 달려가 아이가 원하는 장남감도 사 주었을 것이다.

하지만…… 하루가 늦었다. 단 하루 만에 아이에게 해 줄 수 있는 그의 모든 행동이 멈췄다.

"오늘…… 내가 좀 피곤하네. 씻고 먼저 자도 될까?"

이선우는 아내에게 미소를 지으며 말했다.

그녀는 평소답지 않은 그의 모습에 표정이 서서히 변했다.

뭔가 잘못된 것이 있을 때 나오는 그의 표정. 그녀는 이선우의 표정만으로 회사에서 좋지 않은 일이 있었다는 것을 알 수 있었다.

이선우가 대충 손발만 씻고, 방으로 들어가자, 아내는

아이들에게 삼겹살을 구워 준 후, 방으로 들어갔다.

"여보, 무슨 일이 있어요?"

아내가 물었다. 하지만 뒤돌아 누운 그는 아무런 말을 하지 않았다.

"무슨 일인지는 모르겠는데, 힘내요. 아이들이 저렇게 웃는데, 아빠도 함께 웃어 줘야……."

"미안해 여보. 어쩌면…… 이제부터 아이들에게 항상 웃음만을 줄 수 없을지도 몰라."

아내의 말이 끝나기도 전에, 이선우의 어깨가 들썩거리며, 울음 섞인 목소기가 들렸다.

아내는 침대 위로 올라, 돌아누운 그를 바로 눕혔다.

얼마나 울었는지, 그새 눈이 퉁퉁 부어 있었다.

"무슨…… 일인데요?"

아내는 어느 정도 짐작은 한 듯, 나지막한 목소리로 물었다.

"오늘…… 회사에서 퇴직권고를 받았어. 내일부터 회사에 새로운 인재들이 들어오는 관계로, 고졸 사원들 모두가 정리해고 된 거야."

이선우는 거짓말을 한 적이 단 한 번도 없는 남자였다. 아내의 물음에 충분히 말을 돌려 할 수도 있었지만, 그는 거짓 없이 말했다.

모든 것을 숨긴 채 새로운 직장을 찾은 후 말해도 되지만, 만에 하나 아내가 퇴직 사실을 다른 누군가를 통해 알게 되면, 자신에 대한 믿음이 깨질 것 같은 우려에 거짓말을 하지 않은 것이었다.

"그깟…… 회사 잘린 것 때문에 우리 아들의 첫 시험지 백 점을 보고, 웃어 주지 않은 거예요? 당신에게 실망이네요."

아내는 방을 나가 버렸다. 그녀에게서 미약하지만, 울먹이는 목소리가 들렸었다.

그녀가 나간 후, 이선우는 침대 위에 앉았다. 흐르는 눈물도 멈췄다. 그리고 방문을 향해 보았다.

아들의 첫 시험지 백 점.

모든 것의 처음은 기억 속에 오랫동안 남는다고 하였다.

아들에게 오늘의 기억은 오래 남을 것이다. 자신의 첫 백 점으로 엄마는 기뻐하였지만, 아빠는 안아 주지 않았다는 것을……

이선우는 눈가에 남은 눈물을 훔친 후, 방문을 열었다.

식탁에 아이들과 함께 앉아 웃으며, 삼겹살을 먹여 주고 있는 아내가 그를 보았다.

"맛있어?"

이선우가 퉁퉁 부은 눈을 한 채, 미소를 지으며 물었다.

"오늘따라 삼겹살이 입에서 사르르 녹네요. 식사하지

않고 그렇게 주무시면 공복으로 또 새벽에 속 쓰릴 텐데. 아이들과 좀 드시고 주무세요."

아내는 그의 물음에 상추쌈 하나를 뚝딱 쌌다. 그리고 식탁에 앉아서 그를 향해 손을 쭉 뻗으며 말했다.

"아빠! 함께 드세요! 정말 맛있어요."

아이들도 환하게 웃으며 말했다.

이선우는 식탁으로 다가갔다. 자신이 가장 사랑하는 사람들. 세상 그 어떤 것과도 바꿀 수 없는 사람들.

아내가 싸 준 상추쌈을 입안에 가득 넣은 뒤, 아내를 안아 주었다.

그리고 지민이를 안아 주었다. 꼭 안아 주었다.

"우리 아들! 오늘을 절대 잊지 마라. 오늘은 기분 좋은 날이다."

"네 아빠!"

다시 아들을 안아 주며 말했다. 지민도 그를 안아 주었다. 꼭 안아 주었다.

"우리 막내. 오늘 유치원 재밌었어?"

둘째는 여섯 살이라 아직 유치원에 다닌다. 여섯 살 꼬맹이에게도 오늘 하루를 보낸 소감을 물었다.

"재밌었어. 아주 재밌었어요."

둘째 영민이는 입 주위에 밥풀을 묻힌 채, 환하게 웃으며 답했다.

'그래. 나에게는 이놈들이 있다. 세상에서 그 어떤 피로회복제보다 더 좋은 이놈들의 웃음. 세상에서 그 어떤 포근함보다 더 포근한 이놈들의 품. 그래…… 그깟 회사에서 잘렸다고, 내가 이놈들을 놓을 수는 없지.'

이선우는 두 아들을 꼭 안아 주며 홀로 생각하였다. 그리고 그 옆으로 아내가 다가와 세 남자를 꼭 안아 주었다.

다음 날.

25살 이후 처음으로 평일 아침에 늦잠을 잔 선우였다. 두 아들은 학교와 유치원에 갔고, 아내는 홀로 거실에 앉아 있었다.

"여보, 몇 시야?"

방에서 나와, 거실에 홀로 앉은 아내를 보며 물었다.

"일어났어요? 조금 더 주무세요. 모처럼…….."

"아니야. 실업자가 되었다고, 인생에서도 실업자가 될 순 없잖아. 움직여야지."

선우는 아내의 곁으로 다가가 그녀를 뒤에서 안으며 말했다. 말없이 안아 주는 그의 따뜻한 품에서 그녀는 자신도 모르게 눈물을 흘렸다.

그녀의 눈물을 보지 않으려, 일부러 뒤에서 안았다. 하지만 그녀가 눈물을 흘리고 있다는 것은 느낌으로 알 수 있었다.

아침 겸 점심을 먹고 집을 나섰다. 실업자가 되었다고,

아빠는
신입
사원

집에 있을 수만은 없었다.

다른 일거리라도 찾아야, 두 아들의 미래에 탄탄대로는 아닐지라도, 웅덩이는 없앨 수 있기 때문이었다.

구인 광고지를 들고, 이런저런 많은 회사를 찾았다.

—나이가 너무 많아서요.

—주, 야 2교대로 근무하며 한 달에 네 번 휴일입니다.

—월급이 120만 원인데 괜찮겠어요?

쉽지 않았다. 나이 마흔 살에 새로운 직장을 찾는 것은 어려웠다.

젊었을 때 많은 일을 경험해 보았다면 그 선택의 폭도 넓겠지만, 이선우는 오로지 한 길만 걸어온 인물이었다.

"그렇게 구인 광고지를 잔뜩 들고 다닌다고 하여, 원하는 직업을 찾기란 쉽지 않죠."

지친 몸으로 행단보도에 서서, 보행신호를 기다리고 있을 때였다.

그의 옆으로 검은색 정장을 깔끔하게 차려입은 사내가 전방을 주시하여 보며 말했다.

"네?"

"보아하니, 회사에서 명예퇴직을 선고받으신 분 같은데, 그 나이면 연봉도 좀 있었을 테고…… 어떻습니까? 제가 좋은 일자리 하나 소개시켜 드릴까요?"

평소 같았으면 그의 말을 무시했을 선우였다. 하지만

지금은 더운밥 찬밥 가릴 처지가 아니었다.

"저에게 맞는 직업이 있을까요? 제가…… 지금까지 한 일이라고는……."

"지금까지 한 일과는 아무런 상관도 없습니다. 그 열정만이 필요한 것이지요. 함께 가 보시겠습니까?"

의심을 해야 하는 세상이었다. 하지만 겪고 난 뒤에 의심을 해도 될 상황이 지금의 처지였다.

선우는 마치 무언가에 홀린 듯 사내의 등을 보며 그를 따라 말없이 움직였다. 행단보도를 건넜고, 10분을 더 걸었다.

"이곳은……."

걷다 보니 집 근처였다. 하지만 15년 동안 이 길을 지나쳐 왔지만, 생전 처음 보는 건물이 있었다.

사방 모든 면이 유리로 되어 있었고, 5층으로 된 건물이었다.

"들어가시죠."

사내를 따라 들어섰다. 건물 정문이 어딘지 모를 정도로 모든 면이 다 유리였다.

사내의 뒤를 졸졸 따라 더 안으로 들어서자, 검은색 정장을 입은 남녀가 입구에 서 있었다.

그들은 사내에게 인사한 뒤, 선우를 보았다. 잠시 동안 매섭게 보는가 싶더니, 선우에게도 고개 숙여 인사하였다.

선우를 데리고 온 남자는 그들을 지나쳐 엘리베이터를 향했다.

선우는 두 남녀에게 얼떨결에 인사한 후, 그와 함께 엘리베이터를 탔다.

엘레베이터가 움직이기 시작했지만, 위로 오르는 것인지, 아내로 내려가는 것인지 알 수 없었다. 하지만 한참 동안 엘리베이터를 타고 있었다는 것은 알 수 있었다.

엘리베이터에서 내렸다. 그리고 멀뚱히 선 채, 앞에 보인 광경에 넋이 나갈 것 같았다.

"이게…… 뭡니까?"

마치, 영화 속 세트장과 흡사한 내부였다. 투명색으로 된 거대한 모니터가 중앙에 있었고, 그 사방으로 둥글게 자리하여 작은 모니터를 앞에 둔 사람들이 앉아 있었다.

"소득도 많고, 업무에 적응만 한다면 일도 편합니다. 두 아이를 키우시려면, 더 많은 돈이 들어갈 텐데, 고소득의 일을 해 보지 않으시겠습니까?"

선우는 그의 입에서 두 아들에 관한 말이 나왔지만, 그 순간은 대수롭지 않게 여겼다. 그저 고소득이란 단어에 지금 눈앞에 보이는 곳이 자신의 직장이라 생각을 하고 있었다.

"하겠습니다."

생각이고 뭐고 필요치 않았다. 사내의 말처럼 두 아들

을 키우기 위해서는 많은 돈이 필요한 것이 현실이었다.

지금까지 항상 정해진 월급으로 모든 것을 맞춰 가야 하니, 형편이 나아지는 경우는 없었다.

하지만 고소득. 이 단 하나의 단어는 모든 사람이라면 다 귀가 열려 버릴 단어였다.

"그런데. 무슨 일을 하는 회사입니까?"

"우리요? 뭐. 간단합니다. 의뢰받은 일만 처리하면 되는 회사입니다."

순간 선우의 표정이 굳어졌다. 보통 의뢰받은 일을 하는 곳은 불법적인 것이 대부분이다.

"생각을…… 좀 해 봐야겠습니다."

의뢰받은 일을 한다는 것에 잠시 팔랑거렸던 귀를 어루만지며 말했다.

"두 아이의 미래가 달려 있다고 생각하시면, 그리 오랫동안 생각할 시간은 없을 것입니다."

확답을 주지 못한 선우에게 사내는 또다시 두 아들을 미끼로 던졌다.

"하…… 하겠습니다."

그의 생각은 길지 않았다. 두 아들의 미래라는 말에 귀는 다시 팔랑거렸고, 사내에게 답했다.

"그럼 정식으로 입사원서를 작성하시고, 내일부터 일을 하도록 하겠습니다."

아빠는
신입
사원

"저…… 그런데 어떤 종류의 의뢰를 받아서 하는 곳입니까?"

선우는 뭔가 서두르는 듯한 그의 말에 답은 하지 않은 채, 말을 더듬거리며 물었다.

"일반인들이 생각하는 그런 의뢰는 없습니다. 뭐. 떼인 돈을 받아 달라. 남편이나 와이프가 바람났으니 잡아 달라. 사람 좀 찾아 달라…… 이런 하찮은 것은 하지 않습니다."

"그럼…… 그 보다 더……. 설마 사람도 죽입니까?"

보통의 흥신소라면 위와 같은 일을 하며, 그보다 더 큰 일을 하는 곳은 사람도 죽인다는 것을 알기에 물었다.

"사람을 죽인다……. 뭐, 아직까지는 누군가를 죽여 달라는 의뢰는 없었습니다."

사내의 말에 선우는 한숨을 내쉬었다. 다른 것은 몰라도, 사람을 죽이는 것은 그 어떤 순간이 닥쳐도 하지 못할 것 같은 그였다.

"다만…… 우리에게 일을 의뢰하는 사람은 지금 당신과 함께 숨쉬며, 당신과 함께 같은 시간을 보내고 있는 사람들이 아닙니다."

"……."

무슨 말인지 알아들을 수 없었다.

"우리에게 일을 의뢰하는 사람은 과거와 미래의 사람

들. 당신과 과거나 미래에서 어떤 일로 인하여 만났거나, 만날지는 모르지만, 지금 현재로써는, 당신과 단 한 번의 조우도 없었던 사람들이며, 이 세상과는 다른 세계를 살아가고 있는 사람들입니다."

선우는 잠시 진지한 표정을 짓고 있었다. 그리고 이내 어색한 웃음을 여러 번 지었다.

'과거와 미래. 그곳에서 일을 의뢰한다?'

어이가 없었다. 잠시 동안 두 아들의 미래로 인하여 이야기를 듣고 있었지만, 어처구니없는 말이었다.

'과거와 미래에서…… 일을 의뢰해?'

다시 한 번 그가 한 말을 되새겼다. 역시나 어이가 없는 말이었다.

선우는 사내의 어깨를 토닥거렸다.

"세상천지 신종사기꾼들이 늘어나고 있지만, 사기를 치려면 제대로 된 아이템으로 사기를 치십시오. 이게 뭡니까? 초등학생이나 당할 것 같은 유치한 사기……."

팟!

선우는 사내의 눈을 똑바로 보며 말하다 입을 다물 수밖에 없었다. 자신의 왼쪽에서 갑자기 환한 빛이 여러 번 점멸되더니, 그곳에서 한 사내가 갑자기 튀어 나오는 것을 보았기 때문이었다.

"젠장! 앞으로 이런 일은 받지 마십시오. 과거 똥통에

빠뜨린, 다이아 반지를 찾아 달라니……. 그 똥통의 냄새
가 어휴……."

강한 빛과 함께 모습을 보인 사내는 온몸에 변이 묻은
채, 툴툴대며 사무실 한편에 마련된 샤워실로 들어가 버
렸다.

"사기는…… 나쁜 놈들이 치는 것입니다. 우리같이 사
람들의 힘든 부분을 해결해 주는 그런 착한 사람들이 치
는 것이 아닙니다."

사내는 자신의 어깨 위에 오른, 연우의 손을 살며시 잡
아 내리며 말했다. 선우의 시선은 방금 자신의 앞을 지나
친 사내와, 강한 불빛과 함께 그와 나왔던 곳에서 떨어지
지 못하고 있었다.

"우리의 일을 하는 모든 직원들에게는 하나의 공통점이
있습니다."

사내는 멍하니 서 있는 선우에게 말했다.

"바로…… 당신과 같은 아버지란 것입니다. 자식을 키
워야 하며, 자신을 믿고 시집 온 아내를 안아 주어야 하는
사람들. 아버지이며, 남편이며, 또 부모에게는 자식인 사
람."

선우는 멍한 눈을 좀체 바로 잡을 수 없었다. 마치 자
신이 꿈속을 헤매고 있는 듯한 기분을 떨칠 수 없었다.

"오늘 원서 작성을 하시고 가시면, 내일 저희가 직접

댁 앞으로 모시러 갑니다."

그리고 그에게 입사원서를 내밀었다.

분명 한글로 내용이 적혀 있는 입사원서였다. 하지만 회사명도 없었다. 기입란에는 이름과 나이, 그리고 가족 관계 외에 그 어떤 것도 작성을 요구하는 것은 없었다.

잠시 동안 원서를 본 후, 또다시 두 아들과 아내가 생각나 원서에 자신의 이름과 함께 나이, 그리고 가족관계를 적어 사내에게 건네주었다.

"축하드립니다. 이제부터 저희 회사 식구가 되었으니, 앞으로 저희 회사의 아주 많은 특혜를 누려 보시기 바랍니다."

사내는 선우에게 말한 뒤, 몸을 돌렸다. 그리고 엘리베이터에 먼저 탑승한 후, 멍하니 서 있는 선우를 기다리고 있었다.

선우는 엘리베이터로 걸어가, 여전히 멍한 눈으로 서 있었다.

"명심하십시오. 우리 회사는 아무나 들어올 수 있는 회사가 아닙니다. 오로지 선택받은 자만이 입사할 수 있는 곳입니다. 세상 그 어떤 직업보다 더 극한 직업인, 아버지라는 평생 직업을 가진 사람들만이…… 우리 회사에 입사할 수 있는 권한이 주어지는 것입니다."

다시 1층에 도착하였고, 건물을 나온 후, 사내는 여전히 멍한 선우에게 말했다.

자신이 위로 올라갔었는지, 아래로 내려갔었는지 알 수 없지만, 분명 이 5층짜리 건물에서 나온 것만은 확실하였다.

건물을 기억하며, 그의 말을 기억하며, 선우는 힘없이 다시 그곳을 벗어나기 시작하였다.

"여보."

회사에서 나와 집으로 돌아가는 동안 고개 숙인 채 땅만 보고 걸으며, 조금 전 자신이 겪은 일을 떠올리고 있을 때, 아내의 목소리가 들려왔다.

조금 전의 일을 이해하고자 노력 중이었지만, 쉽게 이해할 수 없었다. 그리고 곧 그의 옆으로 아내가 다가서며 팔짱을 꼈다.

"응, 여보."

선우는 그녀의 눈웃음을 보며 미소를 지었다. 그리고 자신의 팔짱을 낀 아내의 손을 잡아 주었다.

"꼭 10년은 된 것 같네요. 이렇게 당신 팔짱끼고 집으로 향하는 것이요."

아내는 한 손에는 무거운 장바구니를 들고, 다른 한 손으로는 선우의 팔짱을 낀 채 걸으며 말했다.

"장바구니 이리 줘. 내가 들어 줄게."

"아니에요. 오늘은 당신도 힘들었을 텐데, 이건 제가 할게요."

무거워 보였다. 아내의 가는 팔로 들고 있기조차 버거워 보이는 장바구니였다. 하지만 아내는 그 무거운 장바구니를 선우에게 넘기지 않았다.

'세상에 있는 직업 중, 가장 극한직업이 아빠라고? 내 생각에는 또 하나 있는 것 같다. 바로 엄마이며 아내. 세상에서 가장 힘든 직업은 바로 부모라는 평생 직업을 가진 사람들이라 본다.'

선우는 사내의 말을 떠올리며, 자신의 생각을 말했다.

부모…… 그의 말처럼 세상천지, 부모라는 직업보다 고된 직업은 없을 것이지만, 그 직업보다 더 보람을 느끼는 직업 또한 없을 것이다.

하지만. 세상 젊은 미혼남녀가 너무 쉽게 생각하고 있는 직업 역시 부모일 것이다.

집에 돌아와 맛있는 저녁을 먹고, 아이들과 모처럼 저녁시간에 모여 앉아 담소도 나눴다.

자식과 이렇게 대화를 하는 것이 이토록 행복한 것인지 알지 못하고 지내 온 세월이 아쉬웠다.

아이들은 뭐가 그토록 할 말이 많은지, 잠시도 쉬지 않고 선우에게 말하고 있었고, 안아주고 또 안아 주기를 반복하고 있었다.

아이들이 잠에 들고, 아내와 침대에 누웠다. 바쁜 사회 생활로 인하여 지친 몸을 누이자마자 잠들었던 지난 시간과는 달리 아내의 따뜻한 체온을 느끼며 꼭 안아 주었다.

그리고 사내가 한 말을 생각하며, 잠에 들었다.

다음 날. 두 아들이 학교와 유치원을 간 후, 곧바로 집을 나섰다.

"오늘은 직장을 구할 것 같아. 꼭 좋은 결과 가지고 돌아올게. 오늘 저녁에 둘이서 술 한잔 하자."

선우는 집을 나서며 아내에게 키스해 준 후 말하자, 아내도 그를 꼭 안으며 미소를 지었다.

이미 입사원서를 작성하였지만, 더 확신이 섰을 때, 그때 아내에게 알려 주고 싶었다.

"나오셨습니까?"

아파트를 나오자마자 지난날 사내가 한 말처럼 입구에는 검은색 정장을 입은 사내 두 명이 서 있었고, 고급 세단 한 대가 준비되어 있었다.

선우는 그들을 본 후, 다시 고개를 들어 자신을 내다보고 있는 아내를 보았다.

아내를 향해 손을 흔들자, 곧 두 정장을 입은 사내도 아내를 본 후, 고개 숙여 인사하였다.

아내는 선우를 데리고 가는 인물들이 예사롭게 보이지

않았지만, 평소 모범적인 행동만을 보인 그였기에 불안감
은 느끼지 못하였다.

선우는가 차에 올라타자, 그 즉시 차량은 어제 보았던
그 건물로 향하였다.

아무리 생각하고 또 생각해도, 지금까지 이 길을 지나
쳐 오며, 단 한 번도 본 적이 없는 건물이었다.

"결심을 하신 듯하니, 오늘부터 저희 회사 정식 직원으
로 인정하겠습니다."

함께 온 두 사내의 안내로 지난날과 같은 장소에 들어
섰고, 어제 선우에게 입사 요청을 하였던 사내가 그를 보
며 말했다.

"일단. 기본적인 교육을 받도록 할 테니, 이쪽으로 오
십시오."

사내는 그를 데리고 다른 곳으로 이동하였다.

"여긴."

모든 것이 하얀색으로 도배되어 있는 방이었다. 방 안
에는 소파가 놓여 있었고 소파 앞 테이블 위에는 저주파
치료기 같은 기계가 있었다.

"앉으세요."

사내의 말에 선우는 잠시 머뭇거렸지만, 이내 소파로
다가가 앉았다.

"교육시간은 30분입니다. 30분 동안 이선우 씨는 아

주 많은 경험을 하게 됩니다. 그 경험으로 인하여, 우리의 일을 하게 되니, 30분 동안은 절대 움직이지 마시고 가만히 앉아만 계십시오."

사내는 선우의 옆으로 다가선 후, 테이블 위에 놓인 저주파 기계를 그의 양쪽 관자놀이 부근에 부착하였다.

"그럼…… 즐거운 여행되십시오."

"여행?"

사내의 말을 들은 후, 여행이라는 단어를 말함과 동시에 그 후의 기억은 없었다.

"괜찮으십니까?"

찰나였다. 진정 1초도 지나지 않은 것 같았다. 그리고 관자놀이에 부착된 기계를 사내가 떼며 물었다.

"뭐가…… 뭔지 모르겠습니다."

선우는 진정 알 수 없었다. 필시 30분의 교육시간이라 하였지만, 자신이 느낀 시간은 단 1초도 아니었다. 눈 한 번 깜빡거리지도 못할 아주 짧은 시간으로 느껴졌다.

"교육은 끝났습니다."

"네? 벌써 30분이 지난 건가요?"

"네, 시계를 보시면 아실 것입니다."

선우는 시계를 보았다. 집을 나선 시간과 이곳에 들어온 시간. 그리고 교육시간 30분을 더하면, 대충 10시 정도가 되어 있어야 할 시간이었다.

"10시……."

그리고 시계는 정각 10시였다.

"이제부터 이선우 씨는 정식으로 저희 회사의 일원이 되었고, 앞으로 당신이 맡은 임무의 성공 여부에 따라, 지급되는 급여가 산정됩니다."

"인센티브?"

"일종의 그런 셈이죠. 열심히 하며, 주어진 임무를 모두 성공으로 이끈다면, 당신이 생각하는 금액의 몇 배, 몇십 배, 몇 백 배를 넘어, 몇 천 배의 수익도 충분히 챙길 수 있는 직장이 바로 이곳입니다."

선우는 영업지원팀에서 근무하였었다. 영업이라면 베테랑 수준이었다. 또한 급여제가 아닌 인센티브로 급여를 측정한다면, 영업고수들에게는 더할 나위 없이 좋은 제도였다.

선우는 소파에서 일어섰다.

"어라……."

그저 앉은 자리에서 일어났을 뿐이었다. 하지만 자신의 신체에 뭔가 다른 변화가 생긴 것은 쉽게 느낄 수 있었다.

"배가……."

신기했다. 10년째 튀어나와 있던 그의 배가 쏙 들어가 있었다. 비록 출산을 앞둔, 임산부보다는 못했으나 그래도 적당히 나와 있던 그의 배였다.

"앞으로…… 이보다 더 많은 것을 경험하시게 될 것입니다."

사내는 그의 행동을 보며, 미소를 지었다.

사내를 따라 하얀 방을 나왔다. 다시 처음 보았던 사무실로 이동하였고, 그곳에는 여전히 둥글게 자리하여 앉은 사람들이 연신 키보드를 두드리고 있었다.

"실장님 의뢰입니다."

곧 한 여직원이 사내에게 실장이라 부르며 말했다.

"어딘가?"

"경남 함양입니다."

"시대는?"

"1782년입니다."

'1782년? 어이가 없었다. 지금 시대는 2014년이다. 그런데 1782년에서 일을 의뢰하다니.'

선우는 진정 이해 할 수 없어 또다시 멍한 눈으로 두 사람의 대화를 들으며, 홀로 중얼거렸다.

하지만 그 두 사람의 표정과 대화 내용이 모두 진지하였다.

"의뢰 내용은?"

"한양으로 간 지아비가 함흥차사가 되었는데, 그 이유를 알고자 한다는 내용입니다."

그 순간, 이래저래 직장을 잘못 선택한 듯하였다. 마치 미친놈들 돈 지랄하고 있는 듯한 느낌이었다.

1782년에 한양으로 간 지아비를 잊지 못하는 여인의 의뢰라니…… 어찌 1782년도의 여인이 지금의 시대에 무엇을 말한다는 것인지 도저히 이해할 수 없었다.

"아주 딱 좋군. 의뢰 내용도 과거고, 또한 간단하기까지 하면서 의뢰비도 충분할 것 같으니…… 이번 일은 신입사원 이선우 씨가 맡아 보는 것이 어떻습니까?"

뭔가를 알아야 일을 맡든지 할 것이었다. 1782년도면 대한민국이 아닌 조선이다. 조선시대로 돌아가는 것도 있을 수 없는 일이지만, 그곳에 가서 바람난 남편의 행방을 알아보라는 것이었다.

이는 지난날 실장이라는 사내가 했던 말 중에, 절대 하지 않는다는 의뢰에 포함된 것이었다.

하찮게 바람난 남편이나 아내의 뒤를 캐는 일은 하지 않는다고 했지만, 지금 이들은 시대만 다를 뿐이지, 결론은 바람난 남편이 어찌 살고 있는지를 알아보는 것과 다를 게 없었다.

"임무 완수에 대한 성공 보수는 5백만 원이며, 시간은 일주일입니다. 하시겠습니까?"

어이없는 의뢰 내용에 콧방귀를 뀔 참이었다. 하지만 일주일에 5백만 원. 돈 액수에 그의 귀는 다시 팔랑거리고 있었다.

'일주일에 5백만 원이면, 내가 한 달 동안 죽어라 일하던 전 직장의 급여보다 많다.'

선우는 홀로 중얼거렸다. 도저히 납득할 수 없는 일이지만, 이미 팔랑거린 귀로 스며 들어온 금액은 그의 머릿속 저장고에 완벽하게 저장돼 버렸다.

"하시겠습니까?"

홀로 중얼거리며, 별의별 생각을 다하고 있던 선우에게 실장이 다시 물었다.

"하…… 겠습니다. 그리고 정말 일주일에 5백만 원입니까?"

"그렇습니다. 우리 회사의 급여 지급 방식은 임무 완수후, 곧바로 입금입니다. 즉, 일주일 이내에 주어진 임무를 끝내면, 나머지 기간은 휴가입니다. 정해진 돈은 모두 받으며, 남은 기간을 편히 지낼 수 있는 것이지요."

진실이라면, 참으로 좋은 회사였다. 정해진 일을 하며, 정해진 일을 일찍 끝내면, 남은 기간은 쉬도록 한다. 진정 미래에는 이런 시스템이 전 직장에 도입되었으면 하는 바람이었다.

"그럼…… 일주일 동안 집을 갈 수 없는 것입니까?"

또 하나의 궁금증이 생겨 물었다.

"그건 아닙니다. 우리 회사는 근로기준법을 준수합니다. 하루 8시간을 초과하는 근무는 없습니다. 출근 시간에 맞추어 정각 8시간이 되면, 그 시간이 퇴근시간이 되는 것입니다. 이선우 씨처럼 오전 9시에 근무를 시작하면, 그 어떤 일이 있더라도 오후 5시에 퇴근입니다. 즉, 임무를 위해 과거든 미래든, 그 어디에 있든 간에, 오후 5시가 되면 자동적으로 이곳으로 소환됩니다."

이 또한 좋은 방식이었다. 야근도 없고, 정해진 시간에 정해진 일만 하면서도 고소득. 정말 마음에 드는 꿈의 직장이었다.

"오늘은 간단한 회사 운영 방침 및, 기타 필요한 것을 듣는 것으로 끝내고, 조금 전 들어온 의뢰의 해결은 내일부터 하도록 하겠습니다."

선우는 그의 말에 고개를 끄덕거렸다. 그리고 다시 그를 따라 움직였다.

회사 운영 방침은 조금 전 들었다. 근무 시간 초과는 없으며, 정해진 시간에 정해진 임무만 하면 되는 것이다. 그리고 임무를 실패하게 되면, 그에 준하는 할당된 의뢰비만을 지급받는다.

즉, 실패해도 돈은 나온다는 말이었다. 하지만 그 금액적 차이는 엄청났다.

"가장 중요한 것이 있습니다."

"무엇입니까?"

어느 정도 말을 들은 후, 조금씩 이 회사에 대한 이해가 됐을 때, 실장이 그의 눈을 보며 말했다.

"절대…… 과거든, 미래든, 주어진 임무 외에 다른 것에는 관여하면 안 됩니다. 이것은 꼭 지켜야 할 회사 규칙이며, 의뢰인과의 약속이기도 합니다. 무엇보다…… 우리로 인하여 과거와 미래가 너무나 많은 변화를 일으키면 안 되니까요."

실장의 마지막 말에 선우는 침을 꿀꺽 삼켰다. 과거를 바꾸고, 미래를 바꿀 수도 있는 능력을 가진 회사라는 말처럼 들렸기 때문이었다.

"우리가 살아온 어제는 또 다른 누군가가 살아오고 있는 오늘입니다. 그리고 우리가 살아가는 오늘은, 또 다른 누군가가 이미 살다 간 어제입니다."

어려운 말이지만, 이해할 수는 있었다.

"즉, 과거에서 온 의뢰인에게는 우리가 살아온 과거를 지금 살고 있는 사람들이며, 미래에서 온 의뢰는, 우리가 앞으로 살아갈 미래를 이미 살다 간 사람들입니다."

다시 한 번 설명을 해 주었고, 내용은 선우의 머릿속에 기록되었다.

"그리고 과거에서 오는 의뢰는 대부분 신입사원이 해결합니다. 그만큼 과거의 일은 쉬운 편이니까요. 하지만 미래에서 오는 의뢰는 베테랑들이 처리합니다. 미래에는…… 우리가 알지 못하는 변수가 많기 때문입니다."

지금까지 한 말을 머릿속에 정리하고 있을 때, 실장은 의뢰된 일에 대해 그 임무를 해결하는 인물들도 나눠져 있다는 말을 하였다.

즉, 일반 직장에서 직급에 따라 하는 일이 다른 것을 의미하는 말이었다.

"자! 그럼 오늘은 가족들과 즐거운 시간을 보내시고, 내일은 오전 8시 30분까지 출근하시기 바랍니다."

오전에 입사 첫날을 마감하였다. 어이없는 말들 투성이지만, 진정 정해진 돈을 정산해 주는 것이 맞다면 하는 일이 어이가 없어도, 해야 하는 처지였다.

선우는 퇴근 시에도 그들이 태워다 주는 차량을 타고 집에 도착하였다.

"여보? 오늘 직장 구한다고 하지 않으셨어요? 잘되지 않은 모양이네요."

"아니, 잘됐어. 내일부터는 일이 많을 것 같아서, 실장님이 오늘은 일찍 들어가 쉬라고 하더군."

차량에서 내리는 선우를 보며, 외출을 하려던 아내가 놀란 눈으로 보며 말했다.

"어디 가는 길이었어?"

"네? 아, 아니에요. 그냥 요 앞에. 그런데…… 당신 배가……."

아내는 말을 얼버무렸다. 그녀의 표정으로 보아 선우가 알면 안 되는 것 같았다. 그리고 곧바로 이선우의 배를 보며 말했다.

"그러게. 나도 이건 뭐라 설명하지 못할 것 같네. 회사에서 회사 운영 방침에 대해 몇 가지 이야기만 들었을 뿐인데, 어느새 배가 쏙 들어가 있더라고."

그 누가 들어도 거짓말 같았지만, 진실이었다.

그녀는 선우의 배를 다시 보며, 몇 번을 만져 보았고, 어제 밤까지만 하더라도 불쑥 튀어나온 배가 없는 것에 의아해하였다.

두 사람은 다정히 서로를 바라보며 흐뭇한 미소를 보낸 뒤, 이내 집으로 들어섰다.

저녁을 먹고, 아이들을 일찍 재웠다. 그리고 아침에 약속한 것처럼, 조촐한 주안상을 준비하였고, 두 사람은 은은한 조명을 밝힌 뒤, 웃으며 맥주 한잔을 하였다.

Episode 1

Chapter 2

다음 날 아침.

8시에 집을 나섰다.

오늘은 초등학생 지민과 유치원에 가는 영민도 함께 나섰다. 집 앞을 나서자 여지없이 고급 세단이 대기 중이었다.

"아빠…… 이 차 뭐야?"

지민이가 물었다.

"아빠 회사차야. 아빠 이거 타고 출근해. 자, 오늘도 열심히 뛰어놀고, 다치지 말고, 서로 사랑하고, 뽀뽀."

선우는 두 아들을 안으며 말했고, 두 아들은 선우의 볼에 뽀뽀를 한 뒤, 아내의 손을 잡고 학교와 유치원으로 향했다.

"행복해 보이십니다."

그 모습에 두 사내 중, 한 명이 미소를 지으며 말했다. 첫 인상이 딱딱해 보여, 선우도 그에게 먼저 말을 건네지 않았었다. 하지만 조금 전의 말 한마디에 의해, 선우는 그에게 미소를 지었다.

"오늘은 어제 들어온 의뢰를 해결하기 위하여 움직일 것입니다."

회사에 도착하자, 실장이 선우를 기다리고 있었고, 그가 들어온 후 곧바로 업무 내용을 알려주기 시작하였다.

"그러니까. 한양으로 간 박세돌이란 사내가 어찌 되었는지만 알아서 돌아오면 되는 것입니까?"

"그렇습니다."

업무 내용을 대충 들은 후, 그 내용을 다시 한 번 물었다.

"제가 지난 과거의 그 박세돌이란 사람을 어찌 알아보죠?"

"그건 걱정하지 마십시오. 우린 과거는 물론, 미래도 다녀옵니다. 미래에는 그 사람의 이름과 특징만으로 얼굴을 알아내는 기계가 존재합니다. 즉…… 우리에게 의뢰한 과거의 여인이 박세돌이란 자의 특징을 말해 주었고, 우린 그 특징을 미래에서 가져온 기계에 대입하여, 그의 얼굴을 알아봅니다."

실장은 사무실 중앙에 위치한 투명한 대형 모니터에 박세돌이란 이름이 적힌 하나의 사진을 띄웠다.

정말 편리한 기술이었다. 이름과 특징만으로 어찌 그 사람의 생김새를 가늠하는지, 도통 이해할 수 없지만, 미래에는 그런 기술이 존재하는 듯하였다.

"지금…… 이선우 씨가 가는 곳은 충북 음성의 작은 마을입니다. 그리고 때는 1782년 조선시대며, 시간은 오후 1시 경입니다."

실장은 이선우를 데리고 사무실 끝 벽 부분으로 이동하며 말했다. 입구 쪽과 정반대의 벽 쪽에는 바닥에 원형으로 LED가 박혀 있었으며, 환한 빛을 내고 있었다.

"원 안에 들어가십시오."

실장의 말에 LED가 환하게 빛을 그리고 있는 원 안으로 들어섰다.

"눈을 감고, 뜨면 이선우 씨는 1782년으로 갑니다."

그의 말이 끝난 후, 선우는 쉽게 눈을 감을 수 없었다.

만에 하나 진정 눈을 감은 후 떴는데, 과거로 돌아갔고, 그곳에서 다시 돌아올 수 없다면…… 지금 자신이 가장 아끼는 모든 것을 다 잃어버리는 것이었다.

눈이 붉게 충혈 되고 있는데도 쉽게 눈을 감을 수 없었다. 그 모습을 사무실에 앉은 모두가 보고 있었지만, 그 어떤 누구도 재촉하는 이가 없었다.

"오후 5시. 잊지 마십시오."

선우는 실장을 향해 말한 뒤, 붉게 충혈 된 눈을 감았다.

웅성웅성.

감은 눈을 다시 뜰 용기가 없었다. 조금 전까지 조용하였지만, 곳곳에서 웅성거림이 들려오고 있는 것에 진정 눈을 뜰 수 없었다.

"이보시게."

그렇게 한참을 있었다. 그리고 노인의 목소리가 들리고 나서야 선우의 눈은 천천히 떠지고 있었다.

"어디 아프시오?"

노인이 선우를 보며 물었다. 하지만 선우는 아무런 답을 하지 않은 채, 서서히 시선을 주위를 향해 돌렸다.

볏짚으로 지붕을 만든 초가가 보였고, 진흙으로 담을 만든 초가도 보였다.

가마도 지나쳐 가고 있고, 곳곳에서 다 낡은 옷을 몇 번이나 꿰맨 옷을 입은 사람들이 자신을 향해 눈이 집중되어 있는 것도 보였다.

"여긴⋯⋯."

선우는 자신의 앞에서 멍하니 자신을 보고 있는 노인과 다시 눈이 마주쳤고, 노인에게 물었다.

"말을 허네. 자네는 이곳에서 처음 보는 얼굴인디. 누군가?"

노인은 다시 물었다.

하지만 선우는 답하지 못했다. 그 즉시 잠깐의 어지럼증이 찾아왔고, 몸을 비틀거리자 노인이 아닌 다른 사내가 그의 팔을 잡아 세워 주었다.

"괜찮소?"

노인과 같은 물음이었지만, 이 사내에게는 답을 해야 할 것 같은 느낌이었다.

우람한 덩치에 2014년도에도 충분히 여러 여자 울릴 것 같은 외모, 굵직한 목소리. 고개를 들어 그의 얼굴을 자세히 보았다.

그리고 자신이 이곳으로 오기 전, 사무실에서 마지막으로 보았던 단 한 장의 사진 속 인물과 그의 생김새가 동일하였다.

바로 박세돌이었다.

"괜찮습니다."

선우는 길 한쪽으로 서서히 이동한 후, 그곳 바위 위에 걸터앉은 후 답했다.

"보아하니…… 이 고을 사람은 아닌 듯한데, 어디서 오신 거요?"

박세돌이 다시 물었다.

"서울에서…… 아니, 한양에서 왔소. 누굴 좀 만나러 가던 길이었는데, 머리가…….."

"한양에서 오셨소? 그 잘되었구려. 초면에 염치없지만, 내 한 가지만 묻고 싶소이다. 난 지금 한양으로 가던 길인데, 길이 얼마나 험하오? 곧 있을 과거를 보기 위하여 가지만, 길이 워낙 험하여 걱정이 앞서서 묻는 것이오."

선우는 그의 얼굴을 다시 보았다. 그리고 이곳으로 오기 전 보았던 사진과 아주 정확히 일치하는 그의 외모를 다시 한 번 확인하였다.

"나도 마침 다시 한양으로 돌아가려던 참이었는데, 길동무나 하지 않겠습니까?"

"네? 조금 전 한양에서 왔다 하지 않았소? 그런데 왜 다시 돌아간다 하는 것이오?"

선우는 그가 한양으로 가던 길에 함흥차사가 되어 버렸으니, 그 이유를 알기 위한 가장 쉬운 방법은 그와 함께 이동하는 것이라 둘러말했지만, 박세돌은 그의 말이 어폐가 있어 다시 물었다.

"멍하니 서 있었던 이유가, 한양에 뭘 두고 온 것이 생각나 어찌할까 고민하고 있었던 차였습니다. 다행히 선비

아빠는
신입
사원

님께서 한양으로 향하신다고 하니, 이참에 다시 돌아가, 두고 온 물건을 가지고 와야 할 것 같습니다."

선우는 그와 대화하는 것이 어렵지 않았다.

자신도 알아들을 수 없는 말들이 나오기는 하였지만, 무슨 이유에서인지 그 말들이 머릿속에서 자동으로 해석되어 들리는 듯하였고, 자신도 조선시대에 사용하는 언어를 자유자재로 구사하고 있는 것이었다.

박세돌은 그를 향해 웃었다. 우직한 덩치에, 강해 보이는 인상이었지만, 의외로 무서움을 타는 듯 보였다.

"그 잘되었구려, 이렇게 만난 것도 인연인데, 주막에서 술이나 한잔합시다."

박세돌이 권하였다.

두 사람은 곧 인근 주막에 들어섰다. 마치 한국 민속촌에 온 것처럼 느껴졌다.

"돼지머리에 술 한 상 내주시오."

박세돌은 주모에게 말한 뒤, 다시 선우를 보았다.

"서로 통성명이나 합시다. 나 박세돌이라 하는 사람이오."

박세돌이 확실하다는 것을 비로소 듣게 되었다.

"난 이선우라 합니다."

"선우…… 이름이 좋군요. 좋은 뜻이 담긴 이름인 듯한데, 부럽소이다."

박세돌은 수염을 어루만지며, 말했다. 그리고 그의 행동에 선우는 놀란 눈으로 자신의 턱을 만져 보았다.

'수염…….'

알지 못하고 있었다. 자신의 턱수염과 콧수염이 나 있다는 것을 박세돌의 행동을 보며 알 수 있었다. 그리고 그제야 자신의 복장을 보았다.

"젠장……."

"젠…… 뭐, 뭐라 하셨소이까? 그 말은 어디서……."

"아. 아닙니다. 저기 함경도 끝자락에 가면 가끔 몇몇이 사용하는 방언이기도 합니다."

선우는 자신의 입에서 불쑥 튀어나온 말에 대한 해명을 둘러 하였다.

자신이 입고 있는 옷은 누더기 옷에, 곳곳은 꿰맨 자국이 많았고, 짚신은 구멍이 나 있었다.

'이게 어찌 된 일이지. 왜 내가 이런 몰골로…….'

선우는 지금 상황을 도저히 이해 할 수 없었다. 분명 정장을 입고 눈을 감았지만, 다시 눈을 뜨자 어느새 수염도 자라 있고, 복장도 변해 있었다.

박세돌과 만나게 되었고, 그와 단시간에 친해지고 있었다. 예나 지금이나 사내들은 술을 먹든지, 주먹다짐을 하면 친해진다는 말이 맞는 말인 것 같았다.

"해가 저물어 가니, 오늘은 이 주막에서 하룻밤을 지내고 아침 해가 밝으면 한양으로 오르도록 하는 것이 어떻소?"

박세돌은 산을 넘어갈 듯, 산 정상에 걸터 있는 해를 보며 말했다.

"알겠습니다."

선우는 습관처럼 손목을 보았다. 하지만 아침 출근길까지 착용하고 있던 손목시계와 주머니에 넣어 뒀던 휴대전화도 없었다.

"답답하네."

시계가 없으니 이렇게 답답할 줄 몰랐다. 해가 저물어가는 것처럼 보이지만, 정확한 시간을 알 수 없었다.

현실 세계에서 1시경에 이곳으로 왔지만, 그와 만나 술을 먹고 대화를 하는 동안 해가 저물고 있는 것이었다.

이곳은 산 중턱에 위치하고 있는 작은 마을처럼 보였고, 산 중턱에 있는 주막이라 해가 산을 돌아가면서 서서히 어두워지기 시작하였다.

"주모! 여기 술 한잔 더 주시구려!"

박세돌의 목소리였다. 이미 수병의 술을 다 비웠지만, 그는 여지없이 또 술을 찾고 있었다.

"그만 좀 드시구려! 대체 술로 배를 채울 생각이오?!"

주모는 그에게 술을 가져다주며 소리쳤다. 하지만 박세돌은 그녀가 주는 술을 받자마자 그 즉시 들이키기 시작하였다.

─삐~익!

술을 벌컥 벌컥 들이켜고 있는 그를 보고 있을 때, 어디선가 삐이~ 하는 전자음이 들렸다.

그 소리는 지금의 시대에 들을 수 없는 전자음이었다.

선우는 자신의 몸을 이리저리 뒤져 보았다. 하지만 그 어디에도 전자음을 내는 기계는 없었다.

전자음이 혹여나 다른 이들에게도 들리면 난처한 상황이 전개될 듯하여, 서둘러 자리에서 일어나 뒷간으로 이동하였다.

팟!

그리고 그 순간 앞이 깜깜해졌고, 놀라 눈을 감았다.

"눈을 뜨십시오."

실장을 목소리였다. 그의 목소리가 이토록 반가울 것이라 생각지 못하였다.

"어떻습니까? 비록 반나절이었지만, 과거 속에 살아 보시니, 옛 우리의 선조들이 어찌 살았는지 실감이 나십니까?"

실장은 여유로운 어투로 물었지만, 선우에게는 여유로움이 없었다. 잔뜩 긴장한 표정이 역력하였고, 양쪽 어깨에 얼마나 많은 힘을 주었던지 그새 뭉쳐서 뻣뻣하게 느껴졌다.

"첫날이라…… 뭐가 뭔지 모르겠습니다."

긴장을 풀 겸 다시 돌아온 그를 가만히 두었고, 약 30분 정도가 지난 후, 선우가 말했다.

"곧 익숙해지실 것입니다. 이미 이 일을 수십 년 동안 하고 계신 분들도 계십니다. 그분들에게 지금과 같은 일은 그저, 하루 만에 끝낼 의뢰이기도 합니다. 하지만 우리가 그런 베테랑들에게 일을 맡기지 않고, 신입사원인 이선우 씨에게 맡기는 이유는…… 요즘에 이런 간단한 일이 거의 없습니다. 즉, 신입사원이 처리할 수 있을 만한 일거리가 없어, 유능한 신입사원 몇은 한 달 동안 일을 하지 못하고, 결국 퇴사를 하였던 적도 있습니다."

그의 말은 이선우란 인물은 행운아란 말이었다. 입사하자마자 신입사원에게 꼭 맞는 일이 의뢰되었고, 그 일로 하여금 첫발을 잘 내딛을 수 있었기 때문이었다.

"오늘은 이만 퇴근하십시오. 그리고 내일도 오전 8시에 저희 직원이 나가 있을 것입니다. 업무 시작은 9시이며, 그 시간 이전에 모든 준비를 마쳐야 합니다."

실장은 또다시 업무 시작 시간을 알렸다.

"궁금한 것이 있습니다. 분명 난…… 이렇게 정장을 입고 있었습니다. 한데 어찌 과거에는……."

현실 세계로 다시 돌아온 그의 모습은 아침 출근길에

입었던 옷과 손목에는 자신의 예물 시계도 그대로 있었다.

"말씀 드리지 않았습니까? 우린 미래의 기술을 가져옵니다. 그 어떤 일을 의뢰받아 해당 시간으로 이동하게 되면, 그 해당 시간에 맞는 모든 것이 자동으로 세팅됩니다. 물론…… 당신의 머릿속에도 그 시대에 맞는 외모와 복장, 심지어 지식까지…… 모든 것이 세팅됩니다."

과학의 발달이 어디까지 진행된 미래를 다녀온 것인지는 모르지만, 과히 놀랄 만하였다. 순간이동도 놀라우며, 타임머신도 놀라웠다.

무엇보다 그 짧은 시간 안에, 이동자의 모든 것이 현시대에 맞게 변화된다는 것은 더욱 더 놀랄 일이었다.

"또 궁금한 것이 있습니다."

이선우는 이왕 일을 하기로 하였으니, 궁금증을 모두 다 풀어 볼 참이었다.

"미래에서 오는 의뢰는 이해합니다. 그들의 과학기술이 그 만큼 발달했을 테니까요. 하지만 과거에서 오는 의뢰는 진정 이해가 가지 않습니다. 어찌 의뢰를 받는 것입니까?"

"미래의 기계를 이용합니다."

대충은 생각하였다. 미래의 기계를 이용하여 과거의 인물들에게 의뢰를 받을 것이라 생각은 하였다.

하지만 그 방법이 너무 궁금하였다. 기계를 이용하여

어찌 과거의 사람들에게 이런 일을 하는 회사가 있다는 홍보를 하는 것인지 궁금하였다.

"우선. 미래의 기계를 이용하여, 과거에 살고 있는 인물들 중 의뢰비를 충분히 지급해 줄 수 있는 의뢰인을 찾습니다. 그리고 그 의뢰인을 찾으면, 그때부터는 그 의뢰인의 꿈속을 찾아갑니다."

"꿈속을요?"

"네. 꿈속에서 우리가 하는 모든 내용을 홍보합니다. 그러면 관심이 있는 인물들이 다시 여느 밤의 꿈에서 저희 쪽에 의뢰를 합니다."

꿈속에서 홍보한다. 과히 놀랍다고밖에 말할 수 없었다. 현대의 사람도 아닌, 아주 과거에 살고 있는 이들의 꿈속까지 찾아 들어가 홍보하다니, 진정 영업에서는 독보적인 존재들이었다.

"꿈에서 의뢰를 받으면, 그 즉시 우리 쪽 사원이 해당 연도, 해당 인물에게 찾아갑니다. 그리고 의뢰비의 일부를 받은 후, 일을 진행합니다. 일이 끝나면 다시 우리 쪽 사원이 해당인물을 찾아, 나머지 의뢰비를 모두 받아 옵니다."

"돈으로요?"

영업 방식도 알았고, 그들에게 의뢰비를 받는 방식도 들었다.

하지만 돈이 문제였다. 조선시대라면 상평통보와 같은, 엽전을 썼을 것이다. 하지만 그 엽전은 지금 시대에 사용치 않는다. 과거에 제아무리 갑부라 하여 수만 냥의 엽전을 주어도, 결코 이 시대에 써 먹을 수 없는 돈이라는 것이었다.

"돈으로 받지 않습니다. 그런다고 전답으로 받지도 않습니다. 우리가 받는 것은 오로지 귀금속이나, 비단, 사기그릇이나 그림 등입니다. 이것은 오히려 그 시대보다 지금 시대에 더 많은 돈의 값어치를 하는 놈들이지요. 그래서 일이 끝나면 의뢰비로 받은 각종 물품들을 다시 팝니다. 그 돈으로 회사가 운영되며, 이선우 씨처럼 이 일을 도맡아 하고 있는 수많은 직원들에게 급여가 나가는 것입니다."

하나둘 이해 가고 있었다. 과거에는 금은보화나, 비단 등으로 의뢰비를 충당하며, 미래에는 과학기술이나, 기타 보물들로 의뢰비를 받는다.

이 의뢰비를 받기 위하여 움직이는 직원이 따로 있으며, 영업하는 직원도 따로 있다.

그리고 이선우처럼, 의뢰받은 일을 몸소 몸으로 보여야 하는 직원도 있었다.

"하지만 과거나 미래의 물품을 가지고 오는 것은 어디까지나 저희 회사 내에서 선택된 몇 인물들만이 가능한 것입니다. 절대…… 이선우 씨 같은 현장에서 직접 뛰는 분들은 그 시대의 그 어떤 것도 가지고 와서는 안 됩니다."

가끔 해당 시대의 물품을 몰래 가지고 오는 사원이 있었다. 이는 회사 규칙에 위반됨을 미리 알려 주는 것이었다.

과거의 물품이나 미래의 물품을 임의로 가지고 온다면, 그로 인하여 또 다른 파장이 일어날 수 있기에, 미연에 방지하는 것이었다.

궁금증 몇 가지를 해소한 후, 집으로 향하였다.

이렇게 해가 하늘에 떠 있을 때, 퇴근한 적이 있는가 싶을 정도였다. 오랜 직장 생활 동안 해가 하늘에 모습을 보이고 있을 때, 집으로 향한 것은 처음이라 느껴졌다.

별이 있을 때 집을 나서며, 달이 밝을 때 집으로 들어오는 세월을 보냈던 것이었다.

"여보?"

집 앞에 도착할 때쯤 아내의 모습이 보였다. 아주 큰 보따리를 낑낑거리며, 힘들게 들고 가고 있었다.

"여보 뭔 보따리야?"

아내에게 달려가 보따리를 함께 들어 주며 물었다. 순간 아내는 놀란 눈으로 그를 보았다.

"아…… 그게……."

말을 얼버무리는 그녀를 빤히 보았다. 그리고 아파트 입구에서 보따리 속을 확인하였다.

"뭐야…… 이게……?"

보따리 안에는 수많은 옷감이 있었다. 재봉질을 이제 막 마친 듯 보이는 옷들이 수두룩하였다.

"그냥. 집에 있기 뭐해서 소일거리로……."

이선우는 아내를 보았다. 어색한 표정을 지으며 말을 얼버무리는 그녀.

자신이 퇴직한 후, 생계에 조금이나마 도움이 되고자, 일거리를 찾아 나선 그녀였다.

어제도 자신을 보며 당황하였던 그녀의 모습이 떠올랐다. 그때도 이와 같은 일거리를 가지러 가기 위함이었던 것이었다.

"내가 들어 줄게."

이선우는 아내의 표정을 보았다. 가슴 한편이 쓰라렸지만, 애써 미소를 지었다.

그녀에게 너무나 미안하였다. 눈에는 자신도 모르게 눈물마저 맺히고 있는 듯 느껴졌다.

젊고 예쁜 처녀를 아내로 맞아, 결혼과 동시에 직장도 관두게 만들었다.

오로지 육아에만 전념하도록 부탁하였고, 아내는 이선우의 부탁으로 자신의 사회생활을 접고, 집에만 있었다.

사회적 무능인이 된다는 아줌마. 사회생활을 하지 않고, 집에서 아이들과 모든 시간을 보내게 하는 것은 바람직하지 않았다.

하다못해 뭔가의 취미라도 가지게 해 주어야 했었다.

하지만 이선우의 아내는 오로지 자식과 남편만을 위하여 10년이 넘는 세월 동안 살아왔다.

남편이 출근하고, 아이들이 학교와 유치원엘 가면, 집 안에 남은 사람은 아내 혼자다.

집안 청소며, 빨래, 식구들이 먹을 음식을 장만하고, 아이들과 남편이 돌아오기만을 기다리고 있다.

이선우는 똑똑하고, 예쁜 처녀를 그냥 아줌마로 늙게 만들어 버리고 있던 것이 미안했다. 그래서 뾰족한 바늘이 가슴속을 콕콕 찌르고 있어도 아프다 말 할 수 없었다.

무거운 옷감 보따리를 들고 집으로 들어섰다.

깔끔하게 정리되어 있는 집. 언제나 아내는 자신이 할 일을 미루지 않았다. 집안 청소, 빨래, 음식도 모두 장만해 두고, 남은 시간에 겨우 자리에 앉을 수 있던 것이다.

하지만 이제는 짧은 휴식마저도 사치가 되는 순간이라 여긴 것이었다. 늦은 시간까지 일하며, 지친 몸으로 집에 돌아와 곧바로 잠들고, 그 오랜 세월 동안 그런 삶을 살아온 남편에게 조금이나마 여유란 것을 주고 싶었던 그녀였다.

"당신이 하고 싶다면 하는 거야. 하지만…… 생계를 위하여 이런 일은 하지 않았으면 해. 내 말 이해하지?"

이선우는 그녀의 기분이 상하지 않도록 상냥한 어투로 말했다. 그리고 그녀는 선우를 보며 미소를 지었다.

"아빠!"

아이들이 집에 와 있었다. 낮잠을 자고 일어난 모양이었다. 두 아들이 나란히 서서 눈을 비비며 선우를 불렀다.

"오냐 내 새끼들. 이리 와 봐! 아빠가 아주 꼭 안아 줄 테니!"

선우는 두 아들을 보며 환한 미소를 지은 채 말하였고, 아이들은 이내 잠이 완전히 깬 듯, 웃으며 선우의 품에 안겼다.

'늦지 않아서 다행이다. 아내의 마음을 느낄 수 있고, 아이들을 이렇게 안아 볼 수 있다는 것이 이토록 행복한 것인지 몰랐다. 행복하다…….'

선우는 두 아들을 꼭 안고 홀로 생각하였다. 그 모습에 아내의 눈시울도 붉어지고 있었지만, 입가에는 행복한 미소가 곱게 생겨나고 있었다.

"오늘 아빠가 한 턱 쏜다! 뭐 먹고 싶어!"

선우는 두 아들을 품에서 떼어 낸 뒤, 아들을 보며 물었다.

"피자!"

"치킨!"

두 아들을 빤히 보고 있었다. 그러고 보니 선우는 두 아들이 이렇게 성장할 때까지 피자와 치킨을 직접 사 준 기억이 없었다.

아이들의 얼굴마저도 제대로 보지 못했으니, 당연한 것이었다.

"오냐, 이놈들! 오늘 아빠가 피자와 치킨 쏜다!"

선우는 다시 두 아들을 꼭 안으며 말했고, 아내에게로 시선을 돌린 뒤 미소를 지었다.

아주 사소한 것에도 기뻐하는 아이들과, 감동하는 아내의 얼굴. 선우는 또다시 과거의 자신을 반성하고 있었다.

Episode 1

Chapter 3

다음 날 아침 8시.

정각에 아파트를 나섰다. 그리고 여지없이 고급 세단이 기다리고 있었다.

선우는 고개 들어 아내와 아이들에게 손을 흔들며 인사하였다.

"가시죠."

한 사내의 말에 선우는 차량에 탑승하였고, 곧바로 회사로 움직였다.

"임무 이틀째입니다. 오늘은 어제보다 더 편히 임무를 이행할 수 있을 것으로 보입니다."

어제보다는 조금 더 편한 마음으로 사무실에 들어서자,

실장이 이선우를 보며 자신의 마음을 읽은 듯 말했다. 그의 말처럼 어제 하루 동안 이미 겪어 본 것이라, 이틀째는 어제보다 편한 마음으로 일을 진행할 수 있을 것 같았다.

"주어진 일주일 중, 오늘이 정식적인 임무 수행으로는 이틀째지만, 주어진 임무 기간으로 보며 삼 일째입니다."

맞는 말이었다. 첫날은 그저 설명을 듣는 것으로 하루를 보냈다.

"알고 있습니다. 주어진 시간 안에 완수하겠습니다."

선우는 실장의 말을 들은 후, 본인이 알아서, 지난날 위치하였던 원형으로 만들어진 LED 안으로 들어섰다.

"그럼, 건투를 빕니다."

실장도 짧은 인사를 하였고, 곧 선우는 원형 안에서 눈을 감은 후, 곧바로 떴다.

"이보시오. 대체 어딜 다녀온 것이오? 밤새 찾았는데, 혹여나 댁 홀로 한양으로 갔을까 하여 노심초사하였소이다."

눈을 뜨자마자, 선우의 뒤에서 박세돌의 목소리가 들렸다. 선우는 웃는 얼굴로 몸을 돌려 그를 보았다.

"잠시…… 다녀올 곳이 있어 다녀왔소이다. 그럼 한양

아빠는
신입
사원

으로 가 보시겠습니까?"

선우는 어제와는 달리, 안정된 어투와 행동을 보였다. 턱수염도 자연스레 만져 보았고, 이미 너덜너덜한 옷이지만, 그 옷에도 적응은 다 된 모양이었다.

두 사내는 음성을 지나쳐 가며, 안성으로 접어들고 있었다.

"이곳 주막에서 요기나 하고 갑시다."

안성에 접어든 후, 첫 번째로 보이는 외길 옆 주막을 먼저 찾은 박세돌이었다.

인근에 초가도 없고, 주막만 덩그러니 있었다. 아마도 이 길을 지나쳐 가는 행인들을 위하여 지어진 주막처럼 보였다.

덩치에 맞게 허기가 지면, 체중을 견디지 못하여 쓰러질 것 같아 보였다.

선우도 그와 함께 주막으로 들어섰다. 어제 보았던 음성의 주막과 같은 인테리어 업자가 지은 듯, 하나같이 모두 같아 보였다. 단지 외딴 곳에 지어진 곳이라 규모는 작았다.

"주모! 여기 돼지 껍딱 하고, 술 한 상 내어 주시오!"

또 술이었다. 그냥 허기진 배만을 달랠 줄 아는 인물이 아니었다. 꼭 밥과 함께 술도 먹어야 되는 인물이었다.

잠시 후, 주모가 한 상 차려 나왔다. 그리고 선우의 표정이 환해졌다.

"이게…… 얼마짜리 돼지 껍딱이오?"

"얼마짜리? 허허…… 내 어제도 놀랐지만, 이 선생께서 하는 말은 참으로 희한한 말이 많소, 어제는 젠…… 뭐더라…… 아, 맞아! 젠장이라고 하였고, 또 지금은 얼마짜리라니……. 대체 함경도 끝자락의 마을은 조선이 아닌 것 같소이다."

박세돌은 선우의 입에서 나온 말이 신기하여 물었다. 당연히 그는 선우가 뱉은 말을 이해하지 못할 것이었다. 젠장과 얼마짜리……. 진정 이 단어가 언제부터 쓰였는지는 정확히 알 수 없지만, 적어도 조선시대에는 이런 말들이 없었을 것이었다.

그보다 선우가 박세돌에게 물은 이유는 돼지 껍딱의 양이었다. 직경이 30센티는 되어 보이는 사기 접시에 한가득 담겨져 나온 돼지 껍딱은 현대 시대의 안주꺼리로 계산하면, 적어도 5만 원치는 넘을 양이었다.

그리고 무엇보다. 선우는 돼지 껍딱 킬러였다.

박세돌이 술안주로 시킨 돼지 껍딱은 선우가 국밥 한 숟가락을 뜬 후, 밑반찬처럼 주워 먹고 있었다.

"국밥은 그냥 드시오. 이건 술안주외다."

연신 돼지 껍딱을 주워 먹는 선우에게 박세돌이 농담을

던졌다.

두 사람은 웃으며 식사를 하였고, 식사를 마친 후, 박세돌은 주막 평상에 몸을 눕히며 누웠다.

"한양으로 오르지 않소?"

그의 행동을 보며 선우가 물었다. 현대 시대에도 식곤증은 언제나 모든 직장인들에게 적이지만, 과거에도 식곤증에는 장사가 없었던 모양이었다.

"가야지요. 하지만 감기는 눈꺼풀을 어찌할 수 없으니, 한 숨 자고 다시 움직입시다."

박세돌은 아예 짐 보따리를 베개 삼아 베고 누운 뒤, 눈을 감으며 말했다.

그의 말에 선우도 평상에 누웠다. 지금까지 직장 생활을 하며, 식곤증을 커피로 이겨 낸 기억뿐이었다. 자리에 편하게 누워 잠시의 달콤한 잠을 청하는 것은 언제나 꿈속에서만 생각할 수 있는 것이었다.

얼마나 잠을 청했는지 알 수 없었다.

주위가 시끄러웠고, 비명소리도 들리는 듯하여 눈을 떴다.

"이놈. 이제야 눈을 뜨네. 세상모르고 골아 떨어져 잠을 자니 좋디?"

눈을 뜬, 선우의 앞에는 자신을 내려다보는 험상궂은 얼굴이 보였다.

얼굴 전체가 수염으로 덮여 있었고, 머리카락은 정리가
되지 않은 채 얼마나 오랫동안 씻지 않았는지, 고약한 냄
새마저 진동하고 있었다.

"누…… 누구요?"

"누구? 우리? 딱 보며 모르겠나? 도적이지. 하하하!"

그의 목소리를 듣고 주위로 시선을 돌렸다. 여섯 명의
험상궂은 사내와 한 명의 여인이 시퍼런 날이 선 칼을 들
고 주막에 들어선 상인들이나, 손님들을 인질로 잡고 있
었다.

그리고 그중에 구석으로 무릎을 꿇은 채, 얼굴에는 온
통 멍이 들은 박세돌이 보였다.

'산적? 젠장. 과거의 일은 쉽다고 했는데, 산적 같은
것은 진작 생각지도 못했네.'

선우는 자신을 일으켜 세우며, 구석으로 던지다시피 떠
미는 산적에 의해 박세돌의 옆으로 넘어지며 생각했다.

"얼굴은 왜 그 모양이오?"

선우는 몸을 일으킨 뒤, 자신의 옆에서 얼굴에 온통
피멍인 든 채, 산적들을 노려보고 있는 박세돌에게 물었
다.

"보면 모르겠소? 산적에게 당한 꼴 아니오. 내 저놈들
의 단죄하기 위하여 과거 급제를 하려 했는데, 과거도 보
기 전에 이 무슨 낭패인지."

선우는 이를 꽉 깨문 채 산적들을 향해 이가 어스러질 정도로 말하고 있는 박세돌을 보았다.

"무관…… 시험을 보려고 했던 것이오?"

"그렇소. 무과에 급제하여, 무고한 백성들의 피를 빨아 먹는 탐관오리는 물론, 저런 놈들도 모조리 쓸어버리고자 한양으로 향하던 참이었소."

선우는 그를 다시 보았다.

어제까지만도 덩치에 맞지 않는 겁쟁이라 여겼다. 홀로 한양까지 가는 길이 험난하여, 동행을 요청하는 인간으로 보였다.

하지만 지금은 달랐다. 고을을 다스리는 관료들의 부정부패를 막고, 그로 인하여 산적이 되어 버린 백성들을 모두 구제하고자 하였던 그였다.

"가진 돈과 돈이 될 만한 것은 모두 내놓고 썩 꺼져라!"

산적들은 인질로 잡은 백성들을 한곳에 몰아 앉혀 놓은 뒤, 모두를 고루 보며 소리쳤다.

"힘없는 여인들은 그만 보내 주는 것이 어떻소?"

"……"

산적들의 큰 고함소리가 끝난 후, 곧바로 이어지는 선우의 말이었다. 모두가 놀란 눈으로 그를 보았고, 박세돌은 아무런 말없이 그에게 시선을 돌렸다.

"지금 네가 한 말이더냐?"

그의 말에 산적 한 명이 그의 앞으로 다가서서 물었다.

"보아하니…… 돈 몇 푼 때문에 사람을 죽일 정도로 악한 사람들은 아닌 듯한데, 이쯤에서 그냥 풀어 주고, 국밥이나 한 그릇씩 먹고 돌아들 가시는 것이 어떻소?"

"하하…… 하하하…… 하하하하하하!"

선우가 재차 말하자, 산적 중 한 명이 큰 소리를 내며 웃었고, 연이어 모든 산적들이 웃었다.

"사람을 죽일 만한 위인은 되지 않는다? 우리가? 그래…… 그렇다면 이참에 한 번 보여 주지. 우리가 사람을 죽일 수 있는지, 없는지 말이야."

산적은 그의 말에 주위를 둘러보았다. 그리고 유독 자신들을 독한 눈빛으로 보고 있는 박세돌에게 시선이 멈췄다.

"너! 이리 나와 봐!"

아니나 다를까.

박세돌을 지목하였다. 선우는 놀란 눈으로 그를 보았지만, 박세돌은 여전히 이를 꽉 깨문 채 그들의 말에 응하고 있었다.

"차라리! 나를 상대로 하시오!"

그가 일어서자, 곧바로 선우가 자리에서 일어나 큰 소리로 외쳤다.

"뭐여? 의리냐? 보아하니 두 놈이 벗 같은데, 벗의 죽는 모습을 보지 않으려 본인이 죽겠다? 눈물 나는군. 뭐, 우리야 상관없지. 두 놈 다 끌고 나와."

산적 우두머리로 보이는 사내의 말에 산적들이 다가와 선우마저 일으켜 세운 뒤, 박세돌과 함께 나란히 세웠다.

"한날, 한시에 두 벗이 목이 떨어져 나가는 것도 좋은 것이다. 두 놈 다 목을 쳐!"

두목의 말에 산적들은 옆구리에 차고 있던 칼을 꺼내 들었다. 장검도 있었고, 도끼도 있었다.

정글도와 같이 생긴 큰 칼도 있고, 작은 단검을 든 이도 있었다.

"네 이놈들! 절대 용서치 않을 것이다!"

그 순간 박세돌의 큰 목소리가 들렸다. 그리고 두 손이 뒤로 묶인 채 산적의 우두머리를 향해 돌진하자, 그의 갑작스러운 행동에 두목은 몸을 피하지 못한 채 그와 충돌하였다.

"······!!"

그리고 모두가 놀란 눈으로 박세돌을 보았다.

머리로 우두머리의 복부를 들이받은 후, 자신은 멈췄지만, 우두머리는 그 충격에 뒤로 밀려나 몸을 휘청거리다, 곧 호미와 낫 등을 걸어 놓은 곳에 강하게 부딪혔다.

"두…… 두목!"

찰나에 일어난 일이었다. 박세돌의 머리에 부딪힌 후, 떠밀려 날아갔던 두목은 공교롭게도 호미가 걸려 있던 곳에 등짝이 꽂혔고, 그 충격에 몸을 돌렸으나, 그 옆에 있던 낫에 얼굴이 베인 채 몸이 휘청거리며 쓰러졌다.

산적들은 놀란 눈으로 두목에게 다가섰지만, 이미 숨이 끊어진 상태였다.

"젠장! 모두 이곳에서 피하시오!"

선우는 가만히 무릎 꿇고 앉아 있는 모두를 향해 소리치자, 그의 큰 목소리에 주막 안에 잡혀 있던 인질들이 우르르 일어나 주막을 벗어나려 바삐 움직였다.

"당신은 왜 가지 않는 것이오?"

박세돌은 예외였다. 모두가 도망쳤지만, 박세돌은 선우의 옆에 서서 산적들을 향해 여전히 매서운 눈빛을 보내고 있었다.

"저들이 우릴 보고 벗이라 하지 않소. 어찌 벗을 두고 혼자 가겠소이까. 가려면 함께 가고, 그렇지 않다면, 함께 남아 저놈들……."

박세돌의 말이 끝나기 전, 선우는 그의 손목을 잡은 후 서둘러 주막을 벗어나기 시작하였다.

"저놈들 잡아!"

두목을 잃은 산적들은 이성도 잃었다. 포효하듯 고함을

친 후, 주막을 벗어나고 있는 두 사람을 향해 소리쳤고, 곧바로 산적들이 두 사람의 뒤를 쫓았다.

'젠장. 난처하군.'

선우는 뒤도 돌아보지 않은 채, 뜀박질을 빨리 하였고, 박세돌도 뛰었다. 그리고 선우는 하늘을 보며 난감한 표정을 지었다.

'해의 기울림으로 봤을 때, 곧 다섯 시다. 오래도 잤군. 그나저나 지금 이 순간에 나 홀로 소환되어 버리면, 박세돌은 어쩌지…… 젠장.'

바로 소환 시간을 본 것이었다. 오후 5시면 그 어떤 상황 속에서도 강제로 소환된다고 하였다. 그리고 해시계로 어림잡아 본 현재 시각은 곧…… 5시가 다 되어 가고 있음을 알 수 있었다.

주막에서 요기를 때운 후, 너무 달콤한 잠을 오래 잔 것이었다.

"적당한 곳을 봐서 피해 계시오. 내가 저놈들을 따돌리고 다시 오겠소이다."

선우는 박세돌을 저들로부터 멀리 떨어뜨려 놓는 것이 우선이라 여겼다. 그리고 저들을 데리고 최대한 멀리 간 후, 자신은 소환되면 되는 것이기에, 무조건 산적들과 박세돌을 떨어뜨려 놓을 심상이었다.

"아니 될 말이오. 벗과……."

"젠장! 그놈의 벗이 밥 먹여 줍니까! 제발 선비인 척하지 않아도, 당신이 선비인 것을 알겠으니, 내 말 좀 따라 주시오!"

박세돌의 말이 끝나기도 전에, 선우는 큰 소리를 쳤고, 그의 갑작스러운 고함에 박세돌은 놀란 눈으로 그를 보았다.

퍽!

그리고 이내, 한적한 산길에 접어들자, 선우는 박세돌의 옆구리를 강하게 치듯이 밀어, 그를 풀들이 무성히 자란 곳으로 쳐 넣었다.

"내가 돌아올 때까지 그곳에 꼭 숨어 계시오!"

선우는 그를 향해 소리친 뒤, 그대로 달렸고, 박세돌이 몸을 일으키려 할 때, 그 앞으로 산적들이 우르르 따르고 있었다.

"저놈의 목을 따서, 두목의 비석에 걸어 두겠다!"

선우의 뒤를 바짝 따라붙은 산적이 소리쳤고, 그 목소리는 마치 저승사자가 뒤를 따르며 고함치는 듯 들려왔다.

—삐~이, 삐~이……

또다시 전자음이 들려왔다. 이는 자신이 소환될 시간이 다가왔다는 증거였다.

지난날에도 이런 기계음이 들린 후, 1분 정도 지나자

소환되었었다.

'조금만 더 버티자.'

선우는 숨이 차오르고 있었지만, 속도를 늦추지 않고, 계속하여 더 깊은 산속으로 뛰었다.

휘리리릭, 탁!

산길을 따라 계속 달리고 있을 때, 자신의 바로 옆 나무에 작은 손도끼가 날아와 꽂혔고, 정확히 도끼인 것을 본 선우의 눈동자는 놀란 만큼 뚫고 나올 듯 커지고 있었다.

"잘 가라! 이놈아!"

그리고 또 하나의 큰 목소리에, 선우의 몸은 자신의 의지와는 상관없이 그 자리에 멈추었고, 몸을 재빨리 돌려 뒤를 보았다.

'젠장!'

그리고 자신의 얼굴을 향해 정확히 날아오고 있는 창이 보였고, 피할 시간적 여유는 없었다.

"으아아악!"

바로 눈앞까지 날아온 창에 눈을 감으며, 아주 큰 소리로 비명을 질렀다.

"괜찮습니까?"

눈을 뜰 수가 없었다. 눈을 뜨면 조금 전 보았던 창이

다시 자신의 눈을 파고들 것 같은 느낌이 들었다.

"이선우 씨."

다시 한 번 실장의 목소리가 들렸다. 이제야 그의 목소리가 귀에 들어왔고, 그 목소리가 이토록 반갑게 들릴 것이라 생각지 못하였다.

"네? 네……."

선우는 살며시 눈을 떴다. 그리고 자신의 눈앞에 있는 실장을 보았다. 두 손을 자신의 어깨에 올린 뒤, 자신을 뚫어지게 보고 있었다.

자신을 향해 날아오던 창이 아닌 실장의 선글라스 속 눈동자가 보이는 것에 그의 표정은 조금씩 밝아지고 있었다.

"괜찮습니까?"

"조금만…… 아주 조금만 늦었다면, 아마 전…… 과거에서 죽었을 것입니다."

선우는 잠시 동안 그의 얼굴을 본 후, 고개를 푹 숙인 채 실장의 물음에 힘없이 답했다. 그리고 원형 LED를 벗어나 아주 천천히 걸었다.

"궁금한 것이 있습니다."

"네, 말씀하십시오."

"만약…… 제가 임무 중 죽게 된다면, 현실의 저는 어찌 되는 것입니까?"

힘없이 걷던 걸음을 멈춘 후, 몸을 돌려 실장에게 물었다.

그 어떤 것보다 더 중요한 질문이었는데, 한 번 죽을 고비를 넘기고 나니 그제야 생각난 것이었다.

"과거든…… 미래든. 그곳으로 임무 수행차 간 사람은 당신과 동일인입니다. 즉…… 한 사람이란 뜻입니다. 그러니 임무 중 죽게 되면, 시간이 되어 이곳으로 소환되어서도, 당신은 죽은 몸이 됩니다."

미리 알아 두지 못한 자신의 불찰이었다. 과거나 미래는 지금 현재가 아니기에, 그 당시에 자신이 죽어도, 현재에는 그대로 남아 있을 것이라 여겼다.

하지만 아니었다. 과거든 미래든, 그곳으로 간 사람은 본인이었다.

즉, 임무 중 죽으면 그냥 죽는다는 말이었다.

실장의 말은 그의 기운을 모두 빼 가 버린 듯하였다. 제아무리 과학 기술이 발달하여도, 죽은 것을 다시 살리는 것은 무리였다.

선우는 천천히 걸어, 회의실이란 사무실 푯말이 달린 곳으로 들어섰다. 그리고 의자에 몸을 앉혔다.

"힘드셨습니까?"

실장이 따라 들어서며 물었다.

"산적이 나타났습니다. 그들이 박세돌 씨는 물론, 나를 죽이려 했습니다. 젠장, 그러고 보니 오늘은 과거로 돌아가 낮잠만 자고 죽을 뻔한 것이 전부였네요."

선우는 실장의 질문에 답했다. 그러자 실장의 눈동자가 커지고 있었다.

"산적과 조우가 있었다면, 혹여…… 그 세계에 관여하신 것입니까?"

그가 걱정되어 눈동자가 커진 것이 아니었다. 규칙을 어긴 것인지, 그렇지 않은 것인지가 궁금하였던 것이었다.

"어쩔 수 없었습니다. 박세돌 씨와 점심을 먹고, 식곤증으로 인해 잠시 눈을 붙인 것이 그만…… 산적이 들이닥쳐도 모르고 있을 정도로 곯아 떨어졌습니다."

"그래서. 관여를 했단 말을 하시는 것입니까?"

"그럼 어쩝니까! 모두 죽인다고 하는데, 그냥 그 자리에서 목 내밀고 목이 날아가길 기다리고만 있어야 하는 것입니까!"

선우는 실장의 거듭된 질문에 큰 소리로 화를 내며 답했다.

실장은 잠시 동안 그의 눈을 보았다.

"제가…… 분명. 임무 외에는 그 시대의 그 어떤 것에도 관여치 말라 말했습니다. 잊은 것입니까?"

"잊지 않았습니다. 아주 기억 속에 생생하게 남아 있습니다. 그래서 참을까…… 라고 생각도 해 보았습니다. 하지만 아이들과 부녀자가 있었고, 이미 박세돌 씨는 그들에게 꽤 많이 맞은 상태였는지, 얼굴이 온통 피범벅이 되어 있었습니다. 그 와중에 참을 수 있겠습니까? 실장님 같으면 관여하지 않을 자신이 있으십니까!"

선우는 다시 한 번 큰 소리로 자신의 뜻을 확고히 설명하였다.

실장은 자신을 노려보는 그의 눈을 보았다. 진정 분노에 찬 눈빛으로 보였다.

예나 지금이나, 사람 목숨을 아무렇지 않게 여기는 놈들은 용서할 수 없다는 그런 눈빛으로 보였다.

한동안 두 사람은 아무런 말없이 서로를 매섭게 보기만 하고 있었다.

"일단 오늘 업무는 이것으로 끝내겠습니다. 내일. 다시 박세돌 씨를 만날 것입니다."

선우는 그의 말을 듣고 난 뒤에도 아무런 답 없이 엘리베이터에 혼자 올랐다. 그리고 자신을 보고 있는 그를 보았다.

실장의 표정이 굳어 있었지만, 자신의 심정은 그보다 더욱 더 굳어 가고 있다는 것을 그는 모를 것이었다.

엘리베이터 문이 닫힌 후, 실장의 눈썹이 씰룩거렸다. 선우를 끝까지 보고 있을 때까지 애써 참고 있었던 그였다.

"박세돌은 어떤가?"

"이선우 씨가 마지막 이곳으로 소환될 때까지는 살아 있었습니다. 그리고…… 신입사원들이 한 번씩 겪는 일입니다. 실장님께서 이해하십시오."

그의 질문에 사무실 중앙 끝 부분에 홀로 책상을 마련해 두고, 앉아 있는 여직원이 답했다.

그녀의 말처럼, 일을 처음 시작하는 이들에게 흔히 일어나는 일이었다. 하지만 실장은 그 어떤 것보다 그 세계의 일에 관여하는 것에 대해서는 민감한 반응을 보였다.

"박세돌의 위치 잘 확인하고, 내일 이선우 씨가 출근하면, 그 즉시 박세돌과 가장 가까운 곳으로 보내."

"알겠습니다."

실장은 굳은 표정을 풀지 않은 채, 그 말을 남기고 자신의 사무실로 들어섰다.

"아니! 말이야 쉽지. 그래 나도 다른 사람일에 참견하는 것 딱 질색이야. 한데 어쩌겠어. 내 눈앞에서 죽을 것 같은 사람이 있는데 어찌 모른 체 하고 지나쳐 갈 수 있겠냐 말이야."

"무슨 일 있었어요?"

홀로 중얼거리며 연신 열분을 토하며 집을 향해 걷고

아빠는
신입
사원

있을 때, 그의 뒤에서 아내가 다가서며 물었다.

"어? 여보."

"비 맞은 중마냥 왜 혼자 중얼거려요? 무슨 일 있어요?"

선우는 깜짝 놀라 그녀를 보았고, 아내는 선우의 눈을 보며 물었다.

"아니야, 그냥. 그보다 오늘 저녁은 뭘까?"

선우는 그저 그녀를 안아 주며, 그녀의 손에 들린 장바구니를 보고 물었다.

"김치찌개를 하려고요. 이틀 전에 삼겹살을 많이 샀는데, 당신이 적게 먹는 바람에 남았어요. 그냥 구워 먹기그러니, 김치찌개에 넣으려고요."

아내의 김치찌개 맛은 천하 일미였다. 세상 그 어떤 사람의 김치찌개보다 더 깊은 맛과 향이 있는 찌개였다.

그리고 오늘. 아내의 천하 일미를 맛볼 수 있는 것이었다.

선우는 아내의 장바구니를 들어 주며 환하게 웃었고, 집으로 들어섰다.

"다녀오셨어요! 아빠!"

두 사람이 들어서자, 그 두 사람의 보물인 두 아들이 신발장까지 뛰어나오며 허리를 숙여 큰 소리로 꾸벅 인사하였다.

"오냐 이놈들. 오늘 잘 놀았어?"

"네! 오늘도 신나게 놀다가 왔습니다!"

선우는 두 아들을 보며 입가에 미소를 잔뜩 보인 채 물었고, 지민이가 큰 소리로 답하였다.

여섯 살 영민이도 형이 한 말을 그대로 따라 하며 큰 소리로 말했다. 언제나 형의 말과 행동을 그대로 따라 하는 영민이는 천사의 표정으로 웃고 있었다.

"어디. 우리 두 아들래미들! 몸무게가 얼마나 늘었는지 아빠가 한 번 들어 볼까."

선우는 신발을 벗고 거실에 오른 후, 두 아들을 번쩍 들었다.

"여보, 허리 다쳐요."

열 살과 여섯 살의 두 아들의 몸무게를 합치면 50kg 가까이 되는 무게다.

건장한 사내들이라면 문제가 없겠지만, 나이 마흔에 운동이라고는 숨쉬기 운동이 전부였던 이들은 아무런 준비도 없이 그 무게를 번쩍 들어 올렸다가는, 허리에 무리가 가는 나이이다. 그리고 선우가 딱 그 나이에 접어들었다.

평소에 하지 않던 그의 행동이 걱정되어 아내가 말했지만, 선우는 두 아들을 너무나 쉽게 들어 올렸고, 전혀 힘든 기색도 없이 웃으며 안고 돌기까지 하였다.

**아빠는
신입
사원**

어쩌면, 평소에 두 아들을 들어 올리는 행동을 하지 않았던 것이 아니라, 그 행동을 할 수 있는 시간이 없었던 것인지도 모른다.

보기만 해도, 미소 짓게 하고, 품고 싶은 아들을 그 어떤 부모가 안지 않으려 할까. 단지…… 그런 시간을 가지지 못한 것이 가장 큰 문제일 것이다.

아내가 김치찌개를 하는 동안, 선우는 두 아들과 쉼 없이 놀아 주고 있었다. 씨름도 하였고, 블록 쌓기도 하였다. 그리고 김치찌개가 완성되자, 모두 식탁에 모여 앉았다.

"여보…… 괜찮아요?"

심히 걱정되어 아내가 물었다. 두 아들을 번쩍 들어 올리는 것도 그렇고, 쉬지 않고 한 시간을 놀아 주는 체력도 평소 같지 않아 물은 것이었다.

"그러게. 무슨 이유인지는 모르겠지만, 전혀 지치지도 않고 힘도 들지 않네. 오히려 엔도르핀이 돌아서 기분만 좋아지는 것 같아."

선우는 아내의 말에 웃으며 말한 뒤, 다시 두 아들의 머리를 쓰다듬었고, 곧 아내 최고의 요리인 김치찌개를 한 숟가락 가득 뜬 후 맛있게 먹기 시작하였다.

"여보…… 당신 몸에 이상 있는 것 아닐까요?"

정말 맛있는 저녁을 먹었다.

아이들을 재우고, 두 사람은 침대에 누웠다. 그리고 아내가 물었다.

"아냐, 괜찮아. 정말 무슨 이유인지는 모르겠는데, 평소 시도 때도 없이 찾아오던 속 쓰림도 이제는 느끼지 못하겠어. 배가 쏙 들어간 것도……."

아무런 이유 없이, 피곤함마저 느끼지 못하고 있었다.

그건 진심이었다. 아내와 아이들 앞이라 괜한 객기를 부리는 것은 아니었다.

그리고 배가 들어간 말을 하다 말고, 누운 자리에서 일어났다.

'교육……'

그리고 어제 저주파 치료기 같은 것을 착용한 후, 교육이라고 받았던 30분간의 일을 떠 올렸다.

사실 아무런 기억도 나지 않을 만큼 아주 짧은 찰나였다. 그리고 그 후에 이선우의 배가 쏙 들어간 것이었다.

"뭔가…… 떠오르는 것이 있어요?"

아내도 함께 일어나 물었다.

"아니, 아니야. 별다른 것 없어. 모든 것이 마음먹기 나름인가 봐. 내가 행복한 생각을 하니, 아픈 것도 느끼지 못하는 것 같아. 당신도 앞으로는 행복한 생각만 해. 기분도 좋아지고, 몸도 좋아지는 것 같아."

선우는 아내를 꼭 안아 주며 말했다. 그리고 또다시 저

84 아빠는 신입 사원

주파 치료기 같은 것을 떠올렸다.

그저 단순하게 미래에서 가져온 기계라고만 생각하였다.

하지만 그 기계가 선우에게 주는 영향력은 굉장히 컸으며, 앞으로 더 큰 변화가 찾아 올 것을 선우는 모르고 있었다.

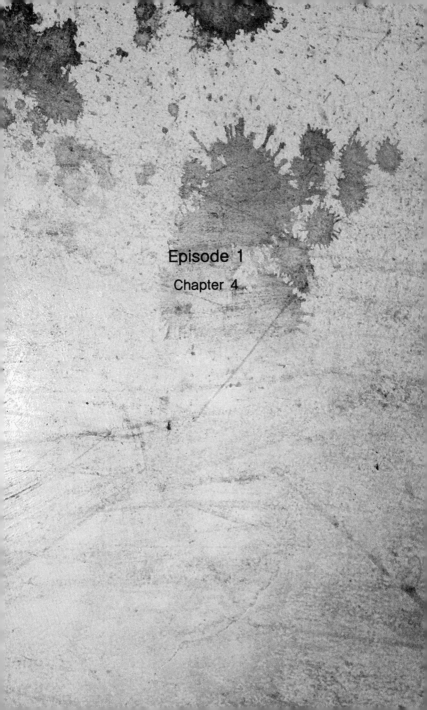

Episode 1

Chapter 4

입사 5일째 되는 날이며. 임무 4일째가 되는 날이다.

8시 30분 정각에 사무실에 도착하였고, 그 즉시 실장이 아닌 지난날 실장에게 업무 내용을 전달받은 여직원이 선우 앞에 섰다.

"실장님께서는 임직원 회의에 가셨습니다. 그리고 오늘 업무 진행은 제가 도와드릴 것입니다."

어제는 보지 못한 아리따운 여인이었다.

아니. 실장과 함께 자리하고 있었지만, 어제의 기분으로는 실장 외에 주변인에 관한 관심을 가지기조차 힘들었다.

그녀는 긴 머리카락에 뽀얀 피부, 연분홍빛 립스틱을 발랐고, 은은한 향이 전달되고 있었다.

한편으로는 마음이 편했다. 만약 실장이 있었다면, 어제의 일로 서로 껄끄러웠을 것이었다.

"어제 박세돌 씨와 헤어진 곳이 아닌, 현재 박세돌 씨가 있는 곳에서 가장 가까운 곳으로 보내질 것입니다. 돌아오기 전 마지막 장소가 아니니, 혼동하지 마십시오."

여직원은 선우에게 미소를 지으며 말했고, 선우는 그녀에게 아무런 말을 하지 않은 채 그 역시 미소를 지어 주었다.

그는 이제 원형으로 된 LED 안으로 자연스럽게 들어간 후, 일체의 망설임 없이 눈을 감았다.

"이보시오 이 선생. 대체 어딜 갔다 온 것이오?"

눈을 뜨자마자, 그의 뒤에서 박세돌의 목소리가 들렸다. 다행히 산적들을 잘 피해서 주막을 멀리 벗어난 듯 보였다.

"산적들을 따돌리고 오는데, 길이 험해서…… 돌다돌다 이제야 왔습니다. 그보다 괜찮으십니까?"

선우는 박세돌의 질문에 대한 답을 돌려 하였다. 그리고 그의 안부를 물었다.

"나는 괜찮소. 난 또 이 선생이 잘못되었을까 하여, 밤새 한 잠도 자지 못하고 이렇게 기다리고만 있을 수밖에 없었소."

박세돌은 진심으로 선우에게 미안한 마음을 가지고 있는 듯하였다.

"하하. 걱정 마십시오. 이래 봬도 몸 하나는 탄탄한 놈입니다. 자…… 서둘러 한양으로 가시죠."

임무 4일차였다. 앞으로 남은 기간은 3일.

3일 이내에 박세돌이 왜 다시 집으로 돌아가지 않았는지를 알아내야 첫 임무를 완수하게 되는 것이었다.

'그래. 지금은 업무 중이다. 난 이 시대에 살아가는 사람이 아니다. 현실 세계 있는 가족을 생각하자. 회사의 규칙을 지키며, 오로지 정해진 일만 하는 거다.'

박세돌을 다시 본 후, 새로운 다짐을 하였다. 생각해 보면 실장의 화난 모습은 이해가 가고 있었다.

중요한 것은 현실이다. 과거도 아니고, 미래도 아니다. 지금 이 순간. 살아가고 있는 순간이 그 어떤 때보다 더 중요한 시기다.

안성을 지난 후에도 쉬지 않았다. 걷는 도중에 안성에서처럼 외딴 곳에 자리한 몇 주막을 보았지만, 박세돌은 주막을 지나쳤다.

마치 참새가 방앗간을 지나쳐 가는 것과 같은 느낌이 들었다.

이 모든 것이 외딴 곳에 자리하였던 주막을 들러, 산적을 만난 것에서 비롯된 하나의 트라우마이기도 하였다.

"잠시 쉬어 가는 것이 어떠하겠소?"

쉼 없이 걸었기에, 발도 아파 왔다. 선우가 먼저 박세돌에게 권했다.

선우의 깍듯했던 존댓말이 어느새 조금 편해져 있었다

"조금만 더 가면 수원이오. 그곳은 모든 것이 잘 갖추어져 있으며, 왕래하는 사람들도 많으니 그곳에서 편히 쉬는 것이 어떻소?"

박세돌은 걸음을 멈추지 않고 답했다. 그의 말처럼 수원이라면 수원 화성이 현실 세계에도 존재하기에, 그만큼 치안이 잘 다듬어져 있을 것이었다. 또한 수원은 선우의 기억에도 너무나 또렷하게 남아 있는 곳이기도 하다.

오후가 되어서야 수원의 입구에 도착하였다.

지금까지 그 어떤 고을보다 더 많은 사람들이 왕래하고 있었고, 포졸들도 꽤 많이 보였다.

"시원하게 탁주 한 사발 들이킵시다."

그때야 박세돌의 얼굴에 미소가 보이며, 꽤 큰 규모로 지어진 주막으로 들어섰다.

사람들도 많았다. 행상인들도 있었고, 노인과 부녀자도 있었다.

사람들은 지친 몸을 평상위에 앉히며, 시원한 탁주와 함께 잘 익은 김치를 손으로 쭉 찢어 입에 넣었다.

"주모! 국밥 두 그릇과 술 한 상 봐 주시오."

어제까지 박세돌의 이 말은 듣기가 좋지 않았다. 하지만 오늘, 지금 이 순간은 그 목소리가 무척 반가웠다.

잠시 후, 안성에서의 주막보다 더 많은 양의 국밥과 함께, 탁주를 들고 주모가 나왔다.

"처음 보는 양반들이네. 어디서 오셨소?"

"이 사람은 원래 한양 사람이고, 난 함양에서 왔소이다."

"함양? 아이고마! 멀리서도 오셨구려. 멀리서 오셨으니, 내 특별히 안주 하나 더 내주리다."

인심도 달라 보였다. 박세돌의 외모 탓도 있겠지만, 먼 곳에서 왔다는 이유로 아무런 대가 없이 시금치와 각종 나물을 안주로 내주었다.

"한양에 가까워지니, 과거를 보기 위하여 한양으로 향하는 선비들이 꽤 많이 보이오."

선우는 국밥을 먹으며 주위를 둘러보았다. 양반집 자제들로 보이는 인물들은 따로 술상을 받아 방으로 들어가 있었고, 방이 꽉 찬 관계로 한쪽으로 평상을 붙여 모여 앉은 양반들도 꽤 보였다.

"모두 나의 경쟁 상대 아니겠소. 이번엔 결코 낙방하지 않고, 꼭 급제하여 고향에 계신 부모님과 아내에게 기쁜 소식을 전해 줄 것이오."

박세돌도 그들을 보았다. 그의 말처럼 모두가 경쟁 상

대다. 하지만 자신감 있는 그의 모습이 보기 좋아, 선우는
미소를 지었다.

"한데…… 과거에 낙방한 경험이 있소?"

이선우가 물었다.

"물론이오. 어디 과거가 쉬운 일이오. 그 어려운 시제
를 모두 풀어도, 더 뛰어난 답을 낸 인물이 급제하는 법이
오. 그리고 난 지금까지 그 답을 책으로만 봐 왔소이다.
하지만…… 그 답은 책에 있는 것이 아니라, 주위에 있었
던 것이었소."

그 이유를 묻지 않아도, 이선우는 답을 알 수 있었다.

현실에서도 모든 것은 책으로 배운다.

학업 성적 위주로 학생들은 경쟁한다.

하지만 그런 아이들에게 진실로 가르쳐야 할 것이 무엇
인지 어른들은 알지 못한다. 그들에게 책을 보고 영어 단
어와 수학 공식이 아닌, 사람으로 살아가야 하는 바른 길
을 가르쳐야 하는 것을 모른다.

그리고 지금. 박세돌은 바른 길이 무엇인지를 알았고, 그
바른 것이 곧 시제의 답이 될 것이라는 것도 확신하였다.

"과거를 몇 번이나 보았다고 하였는데, 왜 나에게 한양
으로 가는 길이 험한지 물은 것이오?"

처음이라며 그 물음을 이해할 수 있었다. 하지만 그의
말처럼 이번이 처음이 아니라고 하니, 적어도 한 번은 한

양으로 오르는 길을 다녀왔을 것이기에 물었다.

"요즘 산적들이 많아졌고, 또 산짐승들도 포악해졌다고 하여 물은 것이오. 저기. 주모."

"왜 그러시오?"

박세돌은 선우의 물음에 답한 뒤, 다시 주막을 꽉 채운 그들을 보며, 잠시 잊고 있었던 것이 떠올라 주모를 불렀다.

"한데…… 오늘이 며칠이오?"

"과거 보러 가시는 길 아니시오?"

박세돌의 물음에 오히려 주모가 그에게 물었다.

"맞소이다."

"네? 과거 보러 가는 양반이 오늘이 무슨 날인지도 모르고 계시오? 오늘은 미월(6월), 초아흐레(9일)이오, 그 말은 내일이 과거 시험날이란 말이오."

박세돌은 들고 있던 수저를 놓았다. 그리고 멍하니 입에 들어간 밥알만 천천히 씹고 있었다.

주위에 있던 여느 선비들은 그의 모습에 서로를 보며 함박웃음을 지었고, 그 순간 박세돌은 그들의 놀림감이 되어 버린 듯하였다.

"무슨 상관이오. 이미 시제의 답은 다 알고 있다 하지 않았소, 오히려 과거를 빨리 치르고, 고향으로 가게 되니 좋은 것 아니냔 말이오."

선우는 그의 긴장을 풀어 주려 웃으며 말했다. 하지만

박세돌의 멍한 표정은 쉽게 다시 풀리지 않고 있었다.

말은 그렇게 했지만, 선우의 표정도 그리 밝지는 않았다. 오후 5시가 되면 어김없이 현실 세계로 돌아가야 하는 그였다.

오늘 밤. 그 어떤 날보다 가장 많은 긴장을 하고 있을 그의 곁에 있을 수 없는 것이었다.

"오늘 여기에 있는 모든 양반들이 한양으로 다들 올라갈 것이오. 서둘러 한양으로 가서, 편히 누울 수 있는 곳을 알아봐 두어야겠소."

박세돌은 남은 국밥을 허겁지겁 먹은 뒤, 곧바로 남은 탁주도 다 들이켜고, 시금치를 손으로 주워 입에 틀어넣은 뒤, 주모에게 값을 치르고 서둘러 한양으로 오르기 시작하였다.

그의 갑작스러운 행동에 당황하기도 하였지만, 어쩌면 그의 급함이 선우에게도 도움이 되는 것이었다.

한양에 숙소를 구하고, 편히 있는 그를 본다면, 오후 5시가 되어 자신이 돌아가도 마음은 한결 편안할 것이라 여겼다.

두 사람은 서둘러 한양으로 올랐고, 그 뒤로 몇 선비들도 서둘러 주막을 나서는 것이 보였다.

한양에 거의 다 온 듯하였다. 선우는 하늘을 보았고, 해의 기울림으로 또다시 시간을 측정하였다.

'앞으로 한 시간 정도 시간이 있겠군. 그전에 박세돌 씨가 편히 있을 곳을 찾아야 하는데…….'

선우는 한양에 들어선 뒤, 주막부터 찾기 시작하였다.

하지만 이미 먼 지방에서 모여들은 선비들로 인하여 인근에는 방이 없었다.

"난처하군. 이러다 길거리에서 밤을 보내고 과거를 치러야 할 판이외다."

박세돌의 긴장한 표정이 또다시 보였다. 큰 덩치에 잘생긴 외모와는 어울리지 않는 표정이었다.

"더 안으로 들어가 보는 것이 어떠하겠소?"

선우는 박세돌을 이끌고 더 안으로 들어섰다. 이건 사람들의 심리를 생각한 선우의 방법이었다.

현실 세계에서도 축제나 기타 지방에서 뭔가 행사가 있을 때, 많은 사람들이 모여든다. 사람들은 이미 그 일대의 모든 숙소는 다 매진되었을 것이라 지레짐작하며, 약간 떨어진 곳의 숙소를 잡는 경우가 있다.

하지만 정작 해당 지역 인근으로 가면, 빈 숙소가 꽤 많이 남아 있는 경우가 많았다. 비록 가격은 좀 비싸지만, 그래도 다음 날의 편리함을 생각한다면 그 정도의 가격 인상은 쓴 미소 한 방 날려 주는 것으로 충분히 감당할 수 있는 것이었다.

"방이 있군요."

그리고 선우의 생각은 적중하였다. 비록 다른 주막에
비해 한 냥을 더 주었지만, 과거 시험장과 꽤 가까운 거리
였다.

박세돌은 방에 들어서며 짐 보따리를 던져 두고, 그 위
에 머리를 얹은 후 곧바로 눈을 감았다.

"같이 누워서 좀 쉬시구려."

박세돌은 감은 눈을 뜨지 않은 채, 선우에게 말했다.

"아니오. 한양까지 왔으니, 난 집으로 가 잊어버렸던
물품을 챙겨 오겠소. 그리고 과거시험이 끝나면 함께 다
시 내려가십시다."

박세돌이 자리에서 몸을 일으켰다.

"정말…… 과거가 끝나면, 나와 함께 다시 내려가 줄
수 있겠소?"

박세돌은 진심으로 기쁜 표정을 지으며 물었다.

"물론이지 않겠소. 나 또한 내려가야 하는 일이 있으니,
혼자 내려가는 것보다 함께 가는 것이 더 좋지 않겠소."

선우도 그의 함박미소에 버금가는 미소를 지어 주며 답
했다.

"좀 쉬시구려. 내가 내일 아침 일찍 다시 오겠소, 한양
까지 왔으니, 집에 들려 어머니를 뵈어야겠소이다."

아주 적당한 핑계거리가 생긴 것이었다. 박세돌은 지난
이틀처럼 선우가 갑자기 사라진 것에 대해 불안해하지도

않을 것이며, 마음 편히 과거 시험 전날을 잘 수 있는 것이었다.

선우는 주막을 나섰다. 그리고 하늘을 보았다.

—삐~익, 삐~익!

여지없이 다섯 시가 다가오면 정확하게 들려오는 전자음이었다. 그는 조금 벗어난 주막을 향해 시선을 돌린 뒤, 눈을 감았다.

"오늘도 수고하셨습니다."

다시 눈을 뜨기 전, 사무실 여직원의 목소리가 아닌 실장의 목소리가 들렸다.

그의 목소리에 눈을 뜬 선우는 실장을 보며 서 있었다.

"어제의 일은…… 사과드리겠습니다. 제가 경솔했습니다."

그리고 먼저 사과하였다.

실장은 그의 어깨에 손을 올리며 토닥거렸다. 그리고 미소를 지었다.

"오늘은 좋은 일이 있었던 모양입니다?"

원형 LED를 나선 그의 뒤에서 실장이 물었다.

"뭐. 좋은 일도 나쁜 일도 없었던 하루였습니다. 그리고 내일은 뭔가 좋은 일이 있을 것 같기도 합니다."

선우는 웃으며 그의 질문에 답하였고, 곧 엘리베이터를

타고 1층으로 향하였다.

건물 밖으로 나오면서 여전히 주위가 밝은 것에는 적응하기 힘들었다. 그리고 몸을 돌려 자신이 나온 회사를 보았다.

조금 전에 나왔지만, 자신이 어디로 나왔는지 정말 알 수 없을 정도로 모든 면이 다 유리였다.

선우는 다시 몸을 돌려 집으로 향하였다. 발걸음도 어제와는 달리 너무나 가벼웠다. 마음도 가벼웠다.

"여보."

집 인근에 도착하여, 아파트 입구를 들어설 때, 아파트 내, 놀이터에서 아내의 목소리가 들렸다.

"아빠!"

그리고 사랑스러운 또 하나의 목소리가 들렸고, 연이어 또 하나의 사랑스러운 목소리가 들렸다.

아내의 목소리에 이어 두 아들의 목소리를 들으니 귀가 호강하며, 자신을 향해 달려와 아들이 안아 주니 몸이 호강하는 듯하였다.

선우는 두 아들을 번쩍 들어 올리며 환한 미소를 지어 주었고, 놀이터에 함께 나와 있던 여느 아내들은 세 부자의 모습에 질투와 함께 부러운 표정을 짓고 있었다.

집으로 들어오자마자 선우는 두 아들을 빤히 보고 섰다.

"왜요?"

아내가 물었다.

"아들! 오늘 아빠하고 목욕할까?"

"와아! 아빠 신나요!"

아마 두 아들을 낳은 후 처음 하는 말 같았다. 평일에는 일찍 출근하고 늦게 퇴근하기에 아들의 얼굴조차 보기 힘들었다.

주말에는 평일 동안 지친 몸을 쉬게 하느라, 아이들과 함께 뭔가를 해야겠다는 생각조차 하지 않았었다.

선우의 행동에 아내의 표정도 밝아졌다.

그녀는 곧 욕실로 들어가 욕탕에 물을 받기 시작하였고, 아이들은 연신 깔깔거리며 옷을 벗고 있었다.

세 부자가 실오라기 하나 걸치지 않은 맨몸으로 거실의 대형 거울 앞에 섰다. 그 모습에 아내는 흐뭇하면서도 남편에게 시선이 가면서 얼굴이 붉어지고 있었다.

욕실에서는 연신 아이들의 웃음소리와 선우의 웃음소리가 끊이지 않았다.

아내는 부엌에서 저녁을 준비하면서도, 입가에 머금은 미소를 양념으로 곁들이는 듯하였다.

그렇게 또다시 행복한 하루를 가족들과 함께 마감하고 있는 선우였다.

Episode 1

Chapter 5

입사 6일차다.

임무 수행 일차는 5일차다. 비록 4일을 임무에 투입되었지만, 결론적으로는 5일차다.

"오늘 정도면 박세돌이 왜 집으로 돌아가지 않았는지에 대한 어느 정도 화재거리가 나올 것입니다. 잘 기억하셨다가 돌아온 후, 알려 주시면 됩니다."

임무에 투입되기 전, 실장이 선우의 어깨에 손을 올리며 말했다.

"알겠습니다."

선우의 생각도 같았다.

오늘은 과거시험이 있는 날이었으니까.

그가 낙방하여 집으로 향하지 않았는지, 아니면, 다른 연유가 있었는지, 실장의 말처럼 오늘은 대충 답이 나올 것 같았다.

준비를 끝낸 선우가 눈을 감았고, 그 즉시 웅성거림도 함께 들려왔다.

천천히 눈을 뜨자, 과거 시험장 앞이었다.

주위를 둘러보며 박세돌을 찾았다. 하지만 너무나 많은 인원으로 인하여 그를 쉽게 찾을 수 없었다.

선우는 시험장에서 조금 떨어져 다시 넓게 보았다. 하지만 거의 대부분 응시자들이 비슷한 옷을 입고 있었기에, 여전히 찾기는 쉽지 않았다.

"젠장. 줄곧 박세돌 씨 근처로 보내더니, 오늘은 어디로 보낸 거야."

선우는 투덜거렸다. 그의 말처럼 지난 4일 동안은 그의 바로 앞이나, 뒤에 나타나도록 해 주었다. 하지만 오늘은 달랐다.

아무리 찾아보고 둘러봐도, 박세돌의 모습은 보이지 않았다.

"곧 시험이 시작될 것이니, 응시자들은 시험장으로 들어서시오!"

이내 큰 목소리가 들리고, 시험장 앞에 있던 수많은 선비들이 하나둘 시험장 안으로 들어서고 있었다.

"이러다가 시험도 보지 못하는 것 아냐."

마음이 불안해지고 있었다. 낙방이라면 과거 시험이라도 본 것이겠지만, 그렇지 않다면 억울한 것이었다.

한참 동안 시험장 앞에서 문을 향해 주시하고 있었다. 이제 응시자들도 거의 대부분이 시험장 안으로 들어섰고, 몇 명이 허겁지겁 달려오는 것이 보였다.

"잠시만 기다리시오! 내 깜빡하고 늦잠을 자는 바람에 늦었소이다!"

박세돌이었다. 신발도 신지 않은 채, 버선발로 뛰며 시험장 문을 닫으려는 관료에게 큰 소리로 외쳤다.

"다행이군……."

선우는 비록 늦게 도착하였지만, 무사히 시험장 안으로 들어서고 있는 박세돌을 보며 홀로 중얼거렸다.

박세돌이 시험을 치르는 동안 선우는 주위를 둘러보았다.

조선의 거리. 지금으로 치면, 이곳이 광화문 사거리 정도 되는 곳이라 여겼다.

"참 많이도 발전했군. 이런 곳이 어찌 지금 그렇게 변했을까."

선우는 새로운 직장에 들어와 첫 임무를 수행하는 동안 처음으로 느끼는 마음의 여유였다.

주위 가게들도 둘러보았다. 놋그릇도 팔고 있었고, 생

선도 보였다. 쌀도 있었고, 과일도 있었다.

"어……? 노리개네."

그중에서 선우의 시선을 사로잡은 것은 노리개였다. 아름다운 빛깔로 반짝거리고 있는 노리개를 보자니, 아내 생각이 났다.

주머니를 뒤척거렸지만, 엽전 한 닢 없었다.

"젠장. 이런 곳에 보낼 것이면, 엽전이라도 좀 넣어 주든가. 만약에 박세돌이 아니었다면, 그냥 하루 종일 굶는 거 아냐. 냉정하군."

아쉬웠다.

현실 세계였으면, 당장 카드라도 긁어서 사고 싶은 노리개가 보였다.

"어느 계집을 주려 노리개에 시선을 빼앗겨 있는 것인가?"

아쉬움을 뒤로 하고 가려 하였지만, 계속하여 그 노리개가 눈에 들어와, 또다시 보고 있을 때, 한 여인의 목소리가 들렸다.

선우는 시선을 돌려 그녀를 보았다.

딱 봐도 양반네 규슈였다. 단아한 한복을 입었고, 한복의 결과 빛깔도 고운 것이 고급 비단으로 만든 옷처럼 보였다.

하지만 썩 기분이 좋진 않았다. 고작 해 봐야 열댓 살

정도 되어 보이는 여인이 다짜고짜 반발로 말하니, 기분이 좋을 리 없었다.

"묻지 않는가? 어느 계집을 주려 노리개에 혼이라도 빼앗긴 듯 보고 있었는가?"

다시 그녀가 물었다.

여전히 반발이었다. 하지만 어쩔 수 없었다. 지금은 조선시대, 그녀는 양반이지만, 현재 선우는 복장으로 보나, 뭐로 보나…… 천민이거나 쌍놈이었다.

"집안일과 아이들을 돌보느라 힘들어 하는 임자에게 주려, 보고 있었습니다요."

어째 딱 억양도 천민의 억양이 절로 나오고 있었다. 어제까지 박세돌과 함께 움직이면서, 이런 어투는 없었지만, 양반네 규슈를 앞에 두니, 자연스레 천하게 들리는 목소리 톤까지 나오고 있었다.

"이보시오. 이 사람이 원하는 것으로 하나 주시오."

여인은 상점 주인에게 말했고, 그 말에 선우는 그녀를 보았다.

"아닙니다. 왜 모르는 소인에게……."

"마음이 고와 보여 주는 것이니 받게."

선우는 그녀의 말을 들은 후, 잠시 동안 생각하는 듯하였지만, 이내 고운 노리개 하나를 손에 쥐었다.

"이것으로 할 텐가?"

"네."

그녀의 말에 선우는 고개 숙이며 답했고, 곧 그녀는 상점 주인에게 돈을 건넸다.

"감사합니다요."

'젠장. 참으로 마음에 들지 않는 어투인데 내 의지와는 상관없이 그냥 줄줄 나오는군.'

자신의 입으로 자신이 말하면서도, 마음에 들지 않았다.

그녀는 선우에게 아무런 이유도 없이 노리개 하나를 선물한 뒤, 다시 길을 걸어갔다.

"천상 여인이군. 저런 여인은 어디서 무엇하는 여인인지……."

"에끼! 이 사람! 말조심하게. 좌의정 어르신네 막내 아기씨에게 그 무슨 말버릇인가!"

선우 홀로 중얼거린 말에, 상점 주인이 대뜸 화를 내며 말했다. 그의 말에 선우의 시선은 다시 그녀에게로 향하였다.

좌의정. 조선시대 3대 정승 중 하나인 좌의정. 말만 들어도 대단한 집안의 여식이었다.

그런 대단한 집안의 여식에게 아무렇지 않은 듯 말했으니, 그녀를 알고 있는 주변 사람들에게 선우는 그냥 버릇없는 쌍놈으로밖에 보이지 않았던 것이었다.

하지만 어차피 이 임무가 끝나면 다시 보지 않을 여인이며, 이곳의 사람들이었다.

한 손에는 노리개를 들고, 시험이 끝나기 전 몇 곳의 시전을 더 둘러보고 있었다.

한참 동안 시전도 다 돌아보았고, 무료한 시간이 지속되고 있을 때 이윽고 시험이 끝났는지 시험장 문이 열리며 선비들이 나서고 있었다.

하나같이 울상을 지은 채 시험장을 나서고 있었고, 곧 박세돌의 모습이 보이고 있었다.

선우는 그의 곁으로 한 걸음에 달려갔다.

"어찌 되었소? 과거시험은 잘 치른 듯하오?"

선우의 물음에 박세돌은 그의 눈을 똑바로 보고 있었다.

"세상은 내가 원하는 것을 답으로 인정하지 않는 것 같소. 필시 명답이라 여겼는데, 오히려 가장 낮은 채점으로 다음과를 치르지도 못하였소.."

박세돌은 낙방하였다. 선우는 그가 시제가 어떻던 그 시제에 맞는 명답을 적었을 것이라 여겼다.

사람이 살아가는 기본적인 모든 것. 그 기본조차 지켜지지 않는 것을 바로 잡고자 하였던 박세돌이었다.

하지만 예나 지금이나…… 그 기본은 시험제출자가 원하는 답이 아니며, 나라가 원하는 답도 아니었다.

오로기 제출자의 입맛에 맞는 것이 정답일 뿐이었다.

선우는 그의 어깨를 토닥거리며, 그를 이끌고 인근 주막으로 들어섰다.

"세상이 원하는 답만을 생각한다면, 모든 세상이 다 같은 답으로만 살아갈 것이오. 그렇게 되면, 발전이라는 것도 없을 것 아니오. 내 생각에는 박 선비가 무슨 답을 썼는지는 모르겠으나, 그 답이 정답이오. 그리고 그 답이 꼭 관료가 되지 않아도 실천할 수 있다는 것을 보여 주면 되지 않소."

선우는 그에게 탁주 한 사발을 따르며 말했고, 그의 말에 박세돌은 멍하니 선우를 보았다.

"혹시…… 학자시오? 어찌 그리 좋은 말씀만을 하시는 게요?"

선우는 그의 말에 멍하니 자신도 그의 눈을 보았다.

학자고 뭐고, 현실 세계에서는 가방끈 짧다고 직장에서까지 잘린 인물이었다.

그런데 오히려 조선시대 양반네 선비가 자신에게 학자라 말하니, 난감하였던 그였다.

"비록 내 과거에 낙방하였지만, 이 선생의 말에 큰 교훈을 얻은 것 같소. 내 기필코 내 뜻을 이 나라에 전하도록 할 것이외다."

박세돌은 선우가 따라 준 탁주를 벌컥벌컥 들이켠 후,

아빠는
신입
사원

입을 닦으며 말했고, 안주로 시금치를 와그작 씹어 먹었다.

"이제 다시 함양으로 돌아가야 하지 않겠소?"

배불리 국밥도 먹고 적당히 탁주까지 마셨으니, 이제 먼 길을 다시 돌아갈 일만 남았기에 선우가 물었다.

"그래야지요. 또다시 고향까지 가려면 몇 날을 걷고 또 걸어야 하니 서둘러야겠지요. 그래…… 일어나십시다."

아직 현실 세계로 소환되기에는 시간이 남아 있었다. 그와 어디까지 다시 내려갈지는 모르지만, 한양을 벗어나기 위하여 발걸음을 뗐다.

"이보시게들."

주막을 막 나서려든 찰나, 또다시 조금 전 만났던 좌의정의 여식이 두 사람을 불렀다.

"뉘시오?"

박세돌이 물었다.

"자네는 조금 전 보았던 사내 아닌가? 이 선비님의 몸종이었던 겐가?"

"몸종? 그 말조심하시구려. 이 사람은 나의 벗이오, 비록 행색이 이렇지만, 어찌 사람을 걸 모습만 보고 판단하시는 게요."

진적 선우가 하고 싶은 말이었다. 그 말을 지금 박세돌이 해 준 것에, 선우의 마음 한편이 뻥 뚫리는 듯한 기분이었다.

"그러시오? 실례가 많았소이다."

그녀가 선우에게 사과하였다. 하지만 그런 사과까지 받고자 하는 마음은 없었다.

"한데 무슨 용무로 우릴 부른 것이오?"

역시 선비는 달랐다. 이미 외모부터 귀티가 좌르르 흐르는 듯 보이는 그녀에게 전혀 주눅 들지 않은 듯 말하고 있었다.

"다름이 아니라, 여의나루에 아버님 마중을 가고자 하는데, 동행할 사람을 찾고 있었습니다."

"보아하니 양반네 규슈 같은데, 몸종은 어디에 두고 혼자 가려는 게요? 나루터면 장사치들과 여느 천민들도 수두룩할 텐데 말이오."

박세돌은 그녀의 말에 자신의 갓을 바로 쓰며 말했다.

"그 누구도 모르게 가려니 어쩔 수 없습니다. 아버님께서 반가워하시는 얼굴을 보려 하는데, 몸종을 데리고 움직이면 미리 언질을 해 둘 것이라······."

일종의 깜짝 마중을 말하는 것이었다.

그러고 보니 선우에게도 이런 기억이 있었던 것이 떠올랐다.

힘든 일과에 지친 몸을 이끌고 전철을 타며 버스를 갈아타고 집 앞 정류장에 내리자, 아내와 두 아들이 추운 날

씨에 손을 비비며 자신을 마중 나와 있었던 기억이 떠올랐다.

그리고 그때. 자신이 느꼈던 감정도 떠올랐다. 지금 이 여인은 지난날, 선우가 느꼈던 그런 감정을 자신의 아버지에게 느끼도록 해 주고 싶은 것이었다.

"어떻소? 이 선생. 시간이 되시면 함께 갈 수 있겠소?"

박세돌이 물었다. 하지만 실장의 말이 떠올랐다. 절대 임무 외에는 그 어떤 일에도 관여해서는 안 된다는 말이 다시 떠올랐다.

"뭐…… 여의나루라면 이곳에서 멀지 않으니 잠깐 들렸다 가는 것도 괜찮을 것 같소이다."

절대 관여하지 않겠다고 실장과 약속하였다. 하지만 이 역시 임무에 연장이라 여겨졌다. 박세돌이 먼저 말한 것이고, 자신이 가지 않는다 하여, 박세돌이 가지 않는다는 보장이 없었다.

"그럼 가십시다."

박세돌이 앞장서자 그 뒤로 여인이 따랐다. 선우는 두 사람의 뒤를 따라 움직였다.

여의나루는 멀지 않았다. 넓게 뻗어 있는 논과 밭을 몇 지나자, 눈앞에 한강이 보이고 있었다.

물이 맑았다. 지금의 한강과는 비교도 안 될 청정 1급

수 물로 보였다.

"거기 잠깐 멈추시오!"

세 사람은 한강변을 따라 여의나루로 움직이고 있었다. 그때 조금 떨어진 곳에서 포졸들이 소리쳤고, 그 소리에 세 사람은 멈췄다.

"무슨 일이오?"

박세돌이 물었다.

"호패를 보여 주시오."

"……!"

포졸의 단 한마디에 선우의 심장은 멈추는 듯하였다. 지금까지 전혀 생각지 못한 것이었다.

장터나 나루터에서는 호패 검사가 많았다. 그만큼 왈패들이나, 기타 잡아야 할 놈들이 많았던 때였다.

선우는 자신의 몸을 구석구석 다 찾아보아도 호패는 없었다.

"거기 자네! 어서 호패를 보여라!"

두 사람에게 대하는 것과 달리, 선우에게는 명령조의 말이었다. 순간 기분이 다시 나빠졌지만, 지금은 그럴 처지가 아니었다. 진정 자신의 몸 어디에도 호패는 없었다.

"말을 가려서 하시게. 차림이 이렇다 하여, 어찌 말을 함부로 하는 겐가?"

아빠는
신입
사원

박세돌이 거들고 나섰다. 하지만 그런다고 그들이 선우의 신분 조회를 하지 않는 것은 아니었다.

"무엇하시는 게요? 어서 이 선생의 호패를 보여 주시구려."

아무것도 알지 못하는 박세돌도 재촉하였다. 그런다고 없던 호패가 뚝딱하고 나올 리 없었다.

"수상한 자다! 이놈을 잡아라!"

또다시 포졸들이 말을 낮추며 소리쳤고, 곧 몇 포졸이 선우를 포박하기 시작하였다.

"뭔가 오해가 있는 듯합니다. 내가 보증을 할 테니, 이 사람을 놓아 주시게."

그녀가 나섰다. 그러자 포졸들이 그녀를 보았다.

얼굴 생김새로 그녀의 신분을 알 수 없기에, 그녀 역시 호패를 그들에게 보였다.

"아…… 아씨!"

그녀의 호패를 보자마자 포졸들은 일제히 그녀에게 고개 숙여 예를 갖추었다.

사실 현실 세계에서는 이제 통하지 않는 것이었다. 아무리 집안이 빵빵해도, 경찰에게 함부로 할 수 없는 시대다.

하지만 조선시대에는 충분히 통하고 있었다.

"몰라 뵈었습니다. 그럼…… 살펴 가십시오."

놀란 가슴을 그제야 쓸어내릴 수 있었다.

여인의 도움으로 위험한 고비를 넘겼다.

서둘러 여의나루로 향하였고, 곧 나루터에 도착하자 배가 들어오고 있었다.

"아버지입니다."

배에서 내리는 한 사내를 가리키며 그녀가 말했다. 딱 봐도 벼슬이 머리에 달려 있는 인물로 보였다.

"그럼 저희들은 이만 가 보겠습니다."

"아닙니다. 여기까지 나와 함께 동행하였으니, 아버지께 인사를 시켜드리는 것이 도리라 생각됩니다."

돌아서 가려던 박세돌의 말을 듣고, 그녀는 한사코 자신의 아비를 만나 줄 것을 말하였다.

박세돌은 그녀의 눈동자를 잠시 보고 있었고, 곧 다시 몸을 돌려 배에서 내린 후 나루터를 나서고 있는 좌의정에게 그녀와 함께 다가섰다.

"아버지."

"미령아. 네가 여긴 어인 일이냐?"

아무런 언질도 없이 자신을 마중 나온 그녀를 본 좌의정의 표정은 진심으로 밝아 보였다. 마치 지난날 선우의 표정과도 같았다.

"아버지를 놀래켜 드리려 이렇게 왔어요."

그녀는 아름다운 미소를 지으며 말했고, 곧 좌의정에게

박세돌과 선우를 소개해 주었다.

하지만 그 순간 좌의정의 표정은 변하였다.

"이 두 사내가 너를 데리고 이곳까지 왔다는 것이 냐?"

묻는 목소리가 표정과 딱 어울리는 퉁명스러운 목소리였다.

"네, 아버지."

하지만 그녀는 여전히 해맑은 미소를 지으며 답했다.

"세상천지…… 다 큰 처자에게 아무런 이유 없이 호의를 베푸는 인간은 없다. 무엇을 원하여 우리 딸아이에게 접근한 것인가?"

진정 어이가 없었다. 이유 없는 호의는 호의도 아닌 것이었다.

"여인의 요청으로 온 것입니다."

박세돌이 그를 보며 말했다.

"네 이놈! 감히 누구 안전이라고 머리를 치켜세우고 있는 것인가! 이분은 좌의정 대감이시다!"

"……!!"

박세돌의 말이 나오자마자, 좌의정 옆에 있던 사내가 큰 소리로 말했고, 그의 신분이 밝혀지자, 박세돌은 놀란 눈으로 그를 본 뒤 곧바로 몸을 바닥에 붙였다.

"송구하옵니다, 대감! 대감을 알아뵙지 못하고……."

"포졸들은 없는가! 당장 이놈들을 포박하라!"

하지만 이미 기분이 상한 좌의정이었다. 곧바로 인근에서 포졸들이 몰려왔고, 박세돌과 선우의 앞에 섰다.

"이놈들은……."

그리고 포졸들 중, 조금 전 선우의 호패를 요구하였던 포졸이 두 사람을 보며 말했다.

"아는 놈인가?"

좌의정이 물었다.

"네, 대감. 조금 전 이놈들의 호패를 검사하려 하였는데, 아씨의 만류로 검사를 하지 못하였사옵니다."

포졸의 말에 좌의징의 시선은 미령에게로 향하였다.

"진실입니다, 아버지. 이분들은……."

"시끄럽다! 어찌 여인의 입으로 사내를 두둔하는 것이냐! 이놈들과 정분이라도 난 것이더냐!"

"아버지!"

"대감!"

좌의정의 말에 미령이 소리쳤고, 곧바로 박세돌의 큰 목소리도 함께 나왔지만, 선우의 입은 열리지 않았다.

"무엄하다! 당장 이놈들을 포박하여 관아로 압송하라!"

말이 통하지 않았다. 자신의 딸이 진실을 말하고 있는데도 그 진실마저 외면당했다.

선우는 진정 큰 소리로 막말을 하고 싶었다. 하지만 할 수 없었다. 실장과의 약속이었다. 절대 그 어떤 일에도 관여하지 말라는 약속. 그 약속이 온통 선우의 머리를 장악하고 있었다.

시간은 얼마 남지 않았다. 선우는 곧 소환될 것이다.

하지만 문제는 박세돌이었다. 그는 좌의정의 딸을 도운 죄 같지도 않은 죄를 뒤집어쓰고, 그의 아비에 의해 관아로 끌려가고 있었다.

이는 권력 남용이었다. 비록 조선시대에는 권력이 모든 것을 다 장악한 시대였지만, 이건 해도 너무한 처사였다.

박세돌의 표정은 심각하게 굳어 있었다. 미령의 표정도 굳어 있었다. 그녀는 두 사람이 관아로 이송되는 도중에도 계속하여 자신의 아비에게 진실을 말하고 있는 듯하였다.

하지만 그 진실은 여전히 좌의정의 귀에 들어가지 못하고 있었다.

"이놈들이 진실을 말할 때까지 매우 쳐라!"

좌의정은 집으로 향하지 않았고, 그녀의 딸과 함께 좌포청까지 동행하였다. 그리고 포도대장을 향해 다짜고짜 큰 소리로 말했다.

"대감. 무슨 연유로 이들에게 곤장을 치라 하시는지 그 이유를 여쭤봐도 되겠습니까?"

좌의정의 큰 목소리에 포도대장이 그 사유를 물었다. 높은 자의 명령이라도 그 사유를 묻는 것이 관직에 앉은 자의 현명한 도리였다.

그리고 그 도리를 포도대장은 지키고 있는 것이었다.

"포도대장."

"네, 대감."

"지금 내 말을 무시하겠다는 건가? 내가 아무런 이유도 없이 이놈들에게 곤장을 내려쳐라 명할 것 같은가?"

"그러니 묻는 것입니다. 그 이유가 타당하다면, 곤장이 아니라 참형도 시킬 것입니다."

선우의 시선은 포도대장에게 집중되었다. 포도대장과 같은 현명한 인재가 현 시대에도 있었으면 하는 바람이었다.

"일단. 이자들의 죄명을 파악할 때까지 옥에 가두겠습니다. 그러니 대감께서는 돌아가셔서 편히 쉬십시오."

포도대장은 좌의정에게 고개 숙여 인사한 뒤, 그가 아직 돌아서 가지도 않았지만, 자신이 먼저 몸을 돌려 선우와 박세돌을 옥에 가두도록 명하였다.

"괘씸한 놈."

좌의정은 일그러진 표정으로 포도대장을 노려보며 말한 뒤, 자신의 딸을 노려보았다.

아빠는
신입
사원

그리고 격한 행동으로 그녀의 손목을 잡아끌며, 포도청을 나서고 있었다.

"괜찮소?"

옥으로 이동하던 중, 선우가 박세돌에게 물었다.

"나라의 관직에 앉은 자들이 백성의 뜻을 무시하니, 어찌 이 나라가 곱게 돌아가겠소."

박세돌의 표정이 날카로웠다. 어투도 굉장히 날카로웠다. 그리고 이를 꽉 깨문 채, 자신의 딸을 끌고 가는 좌의정을 보고 있었다.

—삐~익.

'젠장. 전자음이다.'

아직 많은 사람들이 주위에 있을 때였다. 소환을 암시하는 전자음이 울렸고, 선우는 난감한 표정을 지은 채, 주위를 둘러보았다.

"저기…… 송구하옵니다. 급해서 그런데 뒷간을 먼저 다녀오면 안 되겠소?"

시간이 촉박하였다. 선우는 자신의 옆에서 함께 걷고 있는 포졸에게 말했고, 포졸은 그의 표정을 보았다.

"그 표정 보니 진정으로 급한 것 같구먼. 따라와라."

다행이었다. 포졸은 선우를 데리고 뒷간으로 향하였고, 박세돌은 여전히 매서운 눈빛만을 한 채, 포졸에 의해 옥으로 들어서고 있었다.

"여기가 뒷간이다. 어서 끝내고……."

포졸은 선우의 앞에 서서 그를 끌고 갔다. 그리고 뒷간에 도착한 후 몸을 돌려 말하다 말고, 멍하니 서 있었다.

조금 전까지 자신의 뒤를 따라오던 선우가 연기처럼 사라져 버렸기 때문이었다.

"수고하셨습니다."

실장의 목소리였다. 선우는 현실 세계로 돌아왔다. 하지만 그의 표정은 나라 잃은 듯한 표정이었다.

"무슨 일이라도 있었습니까?"

실장이 다시 물었다.

"예나 지금이나 세상천지 변하지 않은 것이 있군요."

"무슨 말씀입니까?"

실장이 그 말뜻을 다시 물었다.

"박세돌은 지금 좌포청 옥에 갇혔습니다."

"네? 죄를 지은 것입니까?"

"죄? 죄라……. 그 정의가 무엇일까요? 어떤 것을 죄라고 하는 것일까요?"

실장의 질문에 선우는 여전히 정확한 뜻을 알 수 없는 답을 주었다. 그리고 한쪽으로 가 의자에 몸을 앉힌 후, 자신의 머리를 감쌌다.

"말씀을 하십시오. 그래야 우리 쪽에서도 의뢰인에게 그 내용을 전달할 수 있습니다."

실장이 재촉하였다. 그리고 선우는 박세돌이 옥에 갇히게 된 이유를 모두 말해 주었다.

"그럼, 그 좌포청에서 선우 씨가 소환된 것입니까?"

"네, 하지만 화장실을 간다고 말하고 그 누구도 보지 못하는 상태에서 소환되었습니다."

선우의 목소리는 내려앉아 있었다. 그리고 실장은 그의 말을 다 들은 후 잠시 동안 그를 보고만 있었다.

"박세돌이…… 그런 이유로 옥에 갇혀 있다라…… 일단 이 일은 여기서 마무리하겠습니다. 선우 씨의 첫 임무는 완수한 것이며, 곧 의뢰인에게 이 내용을 전달하겠습니다."

실장은 선우의 어깨를 토닥거려 주며 그를 홀로 있게 두었다.

많은 생각이 교차하고 있었다. 그 상황이 자신에 의해 일어났을 수도 있다는 생각도 들었다.

만에 하나 그곳에 자신이 없었다면 포졸들의 의심도 사지 않았을 것이며, 좌의정의 딸이 자신과 함께 나루터로 가자고 하지도 않았을 것이었다.

선우는 오만 가지 상상으로 머리가 터져 버릴 것 같았다.

자신의 머리를 벅벅 긁으며, 인상만을 찌푸린 채, 회의실에 앉아 있었다.

"어찌하실 생각이십니까? 아직 5일차이며, 정해진 기간에서 이틀이 남았습니다. 박세돌이 옥에 갇힌 이유로 돌아가지 못한 것이라면 문제가 없겠지만, 혹여…… 그 후에 다른 문제라도 있는 것이라면, 의뢰인이 원하는 답을 주지 못한 것입니다."

자신의 사무실로 들어선 실장의 옆으로 지난날, 선우에게 임무를 대신 내려 주었던 여인이 물었다.

"박 팀장."

"네."

그녀의 직급은 팀장이었다.

"내일…… 선우 씨가 출근하면, 그의 생각을 묻고, 그가 원하는 방향으로 가닥을 잡아라. 이 시점에서 임무를 끝내는 것도 임무를 완수한 것이라 말해 주고, 더 확실한 무언가를 알 수 있을 것 같다면 하루를 더 보내 줘."

"알겠습니다."

실장은 자신의 사무실에서 선우를 향해 보았다. 여전히 자신의 머리를 다 뽑아 버릴 정도로 긁고 있는 그를 보았다.

"이선우 씨 오늘의 업무는 끝났습니다. 퇴근하십시오."

박 팀장이 선우에게 다가서며 말했다. 그리고 평소 같

앴으면, 이 말이 진정 반가운 말이었을 것이다. 일찍 돌아가 아내와 아이를 볼 수 있다는 생각만으로 즐거웠던 며칠이었다.

하지만 지금 이 순간은 아니었다.

박세돌을 두고 온 것이 계속하여 마음에 걸렸고, 그로 인하여 그에게 변고가 생긴 것인지도 확인하지 못했다.

"먼저…… 들어가겠습니다."

선우는 힘없이 자리에서 일어난 후, 회사를 나섰다.

여전히 해는 하늘에 떠 있었다. 주위는 밝았고, 사람들은 많았다.

집 앞에서 들어서지 못하고 발걸음이 멈추었다.

바로 앞에 초인종이 있지만, 누르지도 못하고 있었다. 온통 과거에 두고 온 미련만이 떠올랐다.

"여보."

한참을 서 있었다. 그리고 문이 열리며 아내가 그를 불렀다.

고개를 숙인 채, 생각에 잠겨 있었던 그는 천천히 고개 들어 아내를 보았다.

아름답고, 곱게 나이가 들어가는 아내가 자신을 향해 미소를 짓고 있었다.

선우는 그 미소에 미소로 답한 뒤, 그녀를 말없이 안아주었다.

"아빠!"

여지없이 두 아들들이 달려들었다. 6살인 막내는 달려와 부딪혀도 오히려 그놈이 걱정되었다.

하지만 첫째인 지민은 열 살이다. 열 살짜리 꼬맹이가 달려와 툭하고 부딪히니, 그 충격이 이제는 제법 강하게 느껴졌다.

'녀석들…… 하루하루가 다르게 커 가는구나.'

선우는 두 놈을 번쩍 들어 올렸다. 여전히 가볍게 들어 올리며, 소파로 달려가듯 빠르게 움직인 후 소파에 두 아이를 던지다시피 하며 내려놓았다.

"자! 오늘은 누가 먼저 아빠한테 도전을 해 보겠는가!"

선우는 머릿속 한편으로 박세돌을 생각하며, 또한 편으로는 두 아들을 위한 생각을 하였다.

직장에서의 일을, 집에서까지 표현하고 싶지 않았다.

아이들과 신나게 놀아 주었다. 오히려 두 아들이 지쳐서 주저앉을 때까지 놀아 주었다.

하지만 선우의 체력은 문제없었다. 나이 마흔 살이라고는 그 누구도 믿을 수 없는 스테미너를 자랑하고 있었다.

식사를 마친 후, 두 아들은 잠이 들었다.

아빠와 신나게 뛰어 놀았던, 단 두 시간의 효력이 나온 것이었다.

"여보, 회사에서 무슨 일 있었어요?"

아이들이 잠든 후, 아내는 과일을 깎아 선우에게 권하
며 물었다.

선우는 잠시 동안 아내를 보았다. 그리고 박세돌에 관
한 말을 하고 싶었다. 하지만 할 수 없었다. 아직 실장에
게 이에 대한 룰을 듣지 못했기 때문이었다.

"여보, 내가 궁금한 것이 있어."

하지만 말을 돌려 물을 수는 있다고 여겼다.

"뭔데요?"

"만약에 말이야. 친구와 같이 있는데, 뭔가의 오해로
인하여 친구와 함께 경찰서를 갔어. 그런데 친구는 유치
장에 갇히고, 본인은 어떤 연우에서인지 그곳에서 사라져
버린다면, 유치장에 갇힌 친구는 무슨 생각을 할까?"

자신이 사라진 것에 대해, 박세돌이 무슨 생각을 하고
있을가에 대한 질문을 돌려 한 것이었다.

혼자 모든 것을 결정지을 수도 있지만, 아내의 의견이
필요한 시기도 있기 마련이다.

그리고 지금이 그때라 여겼다.

아내는 그를 빤히 보았다. 결코 선우가 그 이야기 속
장본인은 아닐 것이라 믿는 그녀였다.

"친구라면…… 다시 찾아가야 한다고 생각해요."

"그래? 그래야겠지?"

"네. 유치장에 갇힌 친구가 사라져 버린 친구를 걱정하고 있을 테니까요."

아내의 이 한마디에 선우의 결정은 섰다.

사라져 버린 친구를 원망하는 것이 아니라, 걱정할 것이라는 이 한마디가 선우의 결정을 도운 것이었다.

이미 실장으로부터 임무 완수라는 답을 들었다. 굳이 다시 돌아갈 필요가 없다. 과거의 박세돌이 자신과 어떤 인연이 있는 것도 아니었다.

단지…… 단 4일 동안…… 그것도 정해진 하루 8시간 동안만 함께 지낸 사이였다. 더군다나, 임무를 완수하였으니, 정해진 보수도 지급되는 것이다. 하지만 아내의 말에 선우는 다시 돌아가는 것으로 결정하였다.

"참…… 내가 당신에게 줄 것이 있는데……."

선우는 자리에서 일어나 자신의 정장이 걸려 있는 곳으로 걸었다.

그리고 한참을 이쪽저쪽 주머니를 다 뒤졌지만, 자신이 찾고자 하는 것이 없었다.

"어디 갔지?"

"무엇인데……."

"아니, 오늘 일하다 당신에게 어울릴 것 같은 예쁜 장신구가 있어 샀는데, 이놈이 어디 갔지……."

"회사에 두고 왔나 보죠. 내일 회사에서 찾으면 다시 주세요."

　선우는 미령에게서 받은 노리개를 찾고 있는 것이었지만, 정장 그 어디에도 노리개는 없었다.

Episode 1

Chapter 6

다음 날.

평소보다 일찍 출근하였다. 실장과 박 팀장이 먼저 나와 있었고, 아직 다른 직원들은 출근하기 전이었다.

"이선우 씨? 아직 7시밖에 되지 않았습니다. 일찍 오셨네요."

박 팀장이 먼저 그를 반겼다. 그녀의 말처럼 이제 오전 7시다. 아직 임무를 시작하기에는 두 시간이 남았다.

하지만 회사에는 실장과 박 팀장이 출근해 있었다.

"9시 이전에는 임무를 시작할 수 없는 것입니까?"

근로기준법을 준수한다고 하였기에 물었다.

"네. 그 어떤 급한 임무라 하여도, 정해진 시간 외에는 근무를 하지 못합니다."

"그렇군요. 그럼 한 가지만 묻겠습니다."

선우는 박 팀장을 보며 말했고, 그의 말에 실장의 시선
도 선우에게 돌아갔다.

"박세돌 씨…… 비록 임무 완수라고 하셨지만, 아직 이
틀이라는 임무기간이 남아 있습니다. 더 정확한 답을 얻
기 위하여 다시 돌아갈 수 있습니까?"

지난날 실장과 박 팀장이 나눈 대화였다. 선우가 원한
다면 임무 완수가 되었다고 하여도 과거로 보내고자 이미
두 사람도 말을 맞췄었다.

박 팀장은 자신의 사무실에 앉아 외부 사무실을 보고
있는 실장에게 시선을 주었다. 그리고 실장은 가볍게 고
개를 끄덕거렸다.

"가능합니다. 하지만…… 어제 이선우 씨가 한 말을 종
합해 보면, 박세돌 씨는 좌포청 옥사에 갇혀 있습니다. 그
를 구하고자……."

"아닙니다. 박세돌 씨가 있는 좌포청이 아닌, 좌의정의
집으로 보내 주십시오."

생각지 못한 그의 요구 사항이었다. 지금까지 모든 직
원들은 일처리의 편리함을 위하여, 의뢰 내용과 최대한
가까운 곳으로 보내졌다.

이것은 그들의 요구를 오랫동안 들어왔기에, 이미 세팅

자체를 그렇게 해 놓은 상태였다.

하지만 의뢰 내용과는 거리가 먼 곳으로 보내 달라는 말은 지금까지 박 팀장이나, 실장도 처음 듣는 요구사항이었다.

"좌의정을 찾는다는 것은. 우리가 의뢰받은 내용 외에 다른 일을 관여하겠다는 뜻으로 간주됩니다. 맞습니까?"

실장이 사무실 문을 열고 나오며 말했다.

"판단은 실장님께서 하시겠지만, 그 이유를 말씀 드리겠습니다. 적어도…… 저로 인하여 생겨난 일에 대한 해명은 하고자 합니다. 임무를 위하여 해당 시대로 가면, 절대 그곳의 일에 관여하지 못하도록 하였지만, 반대의 상황도 고려해 봐야 하는 것입니다."

"반대의 상황요?"

선우의 말에 박 팀장이 다시 되물었다.

"애초에 우리 같은 사람들이 그곳에 없었다면…… 과연 그 일이 일어났을까…… 라는 것 말입니다."

실장과 박 팀장은 선우를 빤히 보고 있었다. 아무런 말도 없었고, 행동도 없었다. 선우도 두 사람을 번갈아 가며 보기만 하였다.

"박 팀장."

"네, 실장님."

"이선우 씨에게 LED를 밝혀 주게."

"네?! 그건 회사 규칙 위반입니다. 지금까지 단 한 번도…….."

박 팀장은 놀란 눈으로 그의 말에 반박하였다. 지금까지 근무 시간 외에 임무를 수행한 자는 없었고, 그 어떤 누구에게도 특혜를 준 적도 없었다.

"그렇지. 지금까지 단 한 번도 규칙을 위반한 적이 없었지. 하지만…… 지금까지 단 한 번도…… 그 어떤 누구도 이선우 씨와 같은 말을 한 사원도 없었네. 임무 외에는 그 어떤 일에도 관여하지 말라는 회사의 뜻을 전했고, 그 뜻을 규칙으로 지키게만 하였지. 하지만 임무를 수행하는 우리 직원들로 인하여 만에 하나 다른 결론이 나온다면…… 그 결론은 바로 잡아야 하지 않겠는가."

선우의 입가에는 미소가 생겨났다. 반면에 팀장의 표정은 난처해 보였다.

"알겠습니다."

실장의 명령이니, 팀장이라고 어찌할 방도는 없었다. 그의 명령대로 다시 과거로 갈 수 있는 원형 LED를 밝혔다.

"한데…… 좌의정의 집으로 향한다고 하셨습니다. 뭔가 생각하시는 것이 있습니까?"

박세돌의 근처가 아닌 전혀 다른 곳으로 보내 달라는 그의 뜻이 있었기에 박 팀장이 물었다.

"어쩌면…… 제가 생각하고 있는 것이 그들을 움직이게 할 수도 있을 것 같습니다."

선우는 지난 밤, 아내의 말을 듣고 다시 과거로 갈 결심을 하였다. 그리고 그 결심에 맞는 생각도 이미 하고 있었다.

"아무쪼록…… 당신이 원하는 결과를 가져오길 바랍니다."

실장은 LED 안에 들어선 선우를 보며 말했고, 선우는 그에게 미소를 지은 뒤, 눈을 감았다.

"뭣들 하는가! 오늘 대감마님의 생신이라 찾아오시는 분들이 많으시네. 집 안은 물론, 그 길목까지 깨끗하게 치우시게들!"

좌의정의 집 근처였다.

도착하자마자 집사로 보이는 사내가 큰 소리로 하인들에게 소리치고 있었고, 수십 명에 달하는 하인들이 대빗자루를 들고 마당은 물론, 대문 앞까지 쓸고 있었다.

"말씀 좀 묻겠소."

선우는 분주하게 움직이고 있는 하인 한 명에게 다가서며 말했다.

"뭡니까요?"

"혹여, 좌의정 대감의 따님을 좀 만날 수 있겠소?"

하인은 선우의 말을 들은 후, 그의 행색을 보았다.

어투는 양반 같지만, 행색은 여전히 상거지와도 같은 그의 모습이었다.

"어디서 온 누군지는 모르겠소만, 당치도 않은 말은 입 밖으로 꺼내지도 마쇼! 어디서 감히 아씨를……."

"무슨 일인가?"

하인은 그의 행색을 보며 콧방귀를 끼었다. 그리고 대 빗자루를 치켜들고 몇 말을 더 하려던 찰나, 좌의정의 딸인 미령이 나오며 물었다.

"선비님은?"

다행이었다. 미령이 선우를 기억하고 있었다.

그녀는 그를 본 후 주위를 살피더니 선우의 옷자락을 잡아끌며 사람들의 시선이 없는 곳으로 급히 움직였다.

"어찌 나오신 게요? 좌포청에 잡혀갔다면, 쉽게 나올 수 없었을 텐데……."

"그건 차후에 말씀 드리겠습니다. 그보다, 좌의정 대감의 생각은 아직도 변함이 없소?"

"아버님께서는 한 번 내 뱉으신 말을 거두는 법이 없습니다. 저로 인하여 애꿎은 선비님만……."

"젠장. 그러니까 그 일을 해결해야지 않겠소!"

그녀는 선우를 빤히 보았다. 선우가 급하거나, 당할 할 때 튀어나오는 젠장 이라는 단어에 그녀 역시 박세돌과

아빠는
신입
사원

같은 표정으로 선우를 보고 있었다.

"나를 좌의정 대감 앞에 설 수 있도록 해 주시오."

무슨 생각을 하고 있는지 그녀는 알 수 없었다. 비록 시간이 되면 자동적으로 현실 세계로 돌아갈 수 있는 것이지만, 문제는 그전에 변을 당하면, 변을 당한 상태로 현실 세계로 돌아간다는 말은 그가 잘 기억하고 있었다.

만에 하나 좌포청 옥사를 탈옥하고 좌의정의 앞에 섰을 때, 선우의 말을 듣기도 전에 좌의정의 불호령이 떨어지면, 그 즉시 목이 날아가는 것도 생각을 하고 있어야 했다.

"어쩌시려고……."

"그건 내가 알아서 할 테니, 당신은 그냥 좀…… 그 뭐야…… 아, 젠장. 말도 안 나오네."

선우는 어찌나 급했는지, 현실 세계의 언어가 자신의 입 밖으로 마구잡이로 튀어나오고 있었다.

그녀는 선우를 보면서 한동안 가만히 있었다. 마치 조선의 언어가 아닌 것처럼 들려왔던 것이었다.

"따라오세요."

그녀도 결심이 선 듯, 선우를 데리고 집안으로 들어섰다. 그녀와 함께 집안으로 들어섰기에 하인들도 별다른 제재를 하지 않았고, 곧 집사가 그녀의 곁으로 급히 다가왔다.

"아씨. 이자는……."

그가 물었지만, 그녀는 아무런 대꾸도 없이 선우를 데리고 사랑채로 계속하여 움직였다.

"아씨. 아씨!"

집사는 계속 뒤 따라오며 소리쳤고, 그 소리에 사랑채에서 나서던 좌의정의 시선이 두 사람에게로 돌아섰다.

"미령아 무슨 일이냐? 아니! 네놈은!"

자신의 딸을 보며 물었고, 곧바로 그녀의 옆에 서 있는 선우를 보며 좌의정의 표정이 변해 큰 소리로 말했다.

"일단! 진정하시고 제 말을 들어 주십시오!"

선우는 고개도 숙이지 않은 채, 그를 향해 큰 소리로 말했다.

"감히! 이놈이 어디서!"

곧바로 집사가 따라와 그의 종아리를 걷어찼고, 그 충격에 선우는 의도치 않은 무릎을 꿇었다.

"아주 먼 훗날! 그 훗날에도 대감과 같은 사람이 살고 있습니다. 자신의 뜻만이 옳다고 말하는 인간이 있습니다. 하지만! 그 인간 같지도 않은 인간마저도 자식의 말은 믿습니다. 그게 가족이니까요! 그런데 당신은 뭡니까! 좌의정인가 뭔가는 개뿔, 그 자리에 앉으면 가족의 말도 무시해야 하는 것입니까!"

주위가 조용해졌다. 그 누구도 움직이는 이가 없었다.

빗자루로 바닥을 쓸던 하인들의 움직임도 멈추었고, 그를 혼내려던 집사의 움직임도 멈추었다.

그 누구보다 좌의정의 표정은 마치 석고상이 되어 버린 듯, 그대로 얼어붙어 있었다.

미친놈이거나, 좌의정보다 더 높은 벼슬을 하는 자가 아니고서야, 감히 입 밖으로 뱉을 말이 아니었다.

"딸이 진실을 말하는데, 적어도 들어주는 척이라도 해야 하는 것이 아버지 아닙니까? 벼슬만 높다고, 존경을 강요하지는 마십시오! 젠장할!"

석고상처럼 굳어 있던 좌의정의 눈썹이 씰룩거렸고, 한쪽 입술도 삐쭉삐쭉하고 있었다.

"이보시오. 아무리 벗의 누명을 벗기고자 함이지만, 어찌 좌의정의 자리에 계신 분께……."

"정치를 하기 전에! 가정을 먼저 잘 꾸려 나가 보십시오. 가정을! 나라의 축소판입니다. 가정도 꾸려 나가지 못하는 사람이 어찌 나라를 꾸려 나가겠습니까!"

이선우는 그녀의 말에도 아랑곳하지 않은 채, 자신의 할 말을 모두 다 말했다. 그리고 지금까지 그가 좌의정의 앞에서 내뱉고 있는 말들은 조선시대의 어투가 아닌, 자신이 현실에서 사용하는 어투였다.

마치, 폭풍이 지나쳐 간 듯한 느낌이었다. 이제 그의 말에 대한 결정은 좌의정에게 남은 것이었다. 목이 날아가든, 벗이 풀려나든, 그 결정은 좌의정 손에 달려 있는 것이었다.

"어디 사는…… 뉘 집 도령인가?"

모두의 예상 외였다. 하지만 선우의 표정은 그들과 달랐다. 마치 좌의정이 이 물음을 하기 기다렸다는 듯한 표정이었다.

그리고 좌의정의 어투가 달라졌다. 대체적으로 조선시대에는 그 인물을 됨됨이를 알아보는 단계로 가문을 물었다. 현 시대에도 어른 분들은 간혹 본관과 파를 묻곤 한다.

"서울에 사는 전주 이 가 선우입니다!"

좌의정은 놀란 눈으로 그를 보았다.

좌의정뿐만 아니라, 글 좀 읽었다는 사람은 모두 놀랐다. 그리고 그의 옆에 있던 미령은 눈동자가 심하게 떨리고 있었다.

선우는 현실 세계에서 사용되는 자신의 족보를 말했다. 서울이라는 단어가 생소한 그들이었지만, 전주 이 씨…… 이 한마디는 좌의정은 물론, 모두를 놀라게 하기에는 충분하였다.

전주 이 씨는 왕족이다. 그 내부적으로 꽤 많이 나눠지지만, 신라시대 이한이 시조이며, 조선건국 인물인 이성계가 이한의 21대손이다. 즉…… 전주 이 씨라면 좌의정

아빠는
신입
사원

에 앉은 인물이 모를 리 없었다.

무엇보다 1782년이면 정조 6년 때. 정조 역시 본관은 전주 이 씨였다.

"이름이 뭐라 하였는가?"

좌의정은 놀란 눈을 진정시키며 다시 물었다.

"선우입니다, 이선우."

좌의정이란 높은 벼슬이 묻는 질문에 대한 답의 어투가 아니었다. 그냥 톡 던지듯이 내 뱉은 말이었다.

"오늘 귀한 손님이 오실 것 같았는데, 바로 그대를 두고 한 말인 듯하다. 안으로 들게."

대우가 달라졌다. 자신의 이름을 말한 것뿐인데, 지난 날과는 확연히 다른 대우였다.

그리고 선우가 비록 전주 이 씨가 맞지만, 자신의 이름은 그 시대에 없던 이름이었다.

즉…… 1782년의 전주 이 씨 족보를 다 들쳐 보아도, 이선우란 이름은 없을 것이었다.

"안으로 들어갈 시간은 없습니다. 먼저, 억울하게 좌포청에 잡혀간 벗을 풀어 주십시오."

선우는 자신이 이곳으로 온 목적을 말했다. 그의 말에 좌의정은 그 즉시 집사를 통해 좌포청으로 연통을 넣도록 하였고, 다시 선우를 보며 안으로 들도록 권하였다.

"벗을 먼저 만나고 오겠습니다. 그럼."

선우는 그의 호의를 다시 거절하였다. 그리고 넓디넓은 좌의정의 집을 빠져나가기 시작하였다.

"대감. 어찌 저런 자의 말을 들으시는 것입니까?"

선우가 나선 후, 집사가 다가서며 그에게 물었다.

"당돌하지 않은가. 전주 이 씨라⋯⋯. 감히 간을 배 밖에 둔 놈이 아니고서야 어찌 왕족의 가문을 들먹일 수 있겠나. 비록 거짓을 말하고, 왕족을 능멸하긴 하였지만, 저 놈의 배짱을 높이 산 것뿐이고, 어쩌면 아주 유용하게 써먹을 수도 있겠다 싶어 내린 결정이네."

좌의정은 그가 전주 이 씨라 말했을 때부터, 모든 말이 거짓이라 생각하였다. 하지만 벗을 구하고자, 목이 날아갈 말을 뱉은 그의 배짱을 두고, 뭔가 생각이 있는 듯 그의 말을 모두 들어 주었다.

좌의정의 말처럼 선우의 모든 말은 현실 세계에서는 진실일지라도, 과거에서는 모든 것이 거짓이었다.

"잠시만 기다려 보시오."

그 뒤로 미령이 뛰어나오면 그를 불렀다.

"어찌 그토록 당당하신 게요. 모두는 아버지의 그림자조차도 밟지 못하며, 뒷모습도 제대로 보지 못합니다. 한데⋯⋯."

"내가 다시 만날 사람이 아니라 간땡이가 부은 모양이었습니다."

그는 미령의 말을 듣고 여전히 현실 세계의 말을 던졌고, 좌의정의 앞에서 고개를 숙이지 않은 채, 자신의 할 말을 모두 한 그때의 일을 다시 떠올리며, 온몸을 한 차례 부르르 떨었다.

그리고 그대로 좌포청으로 향해 걸음을 옮기다 말고 섰다.

"저…… 근데."

다시 몸을 돌려 그녀를 향해보았다.

"무엇입니까?"

그녀가 물었다.

"좌포청이 어디에 있는지 모르겠습니다."

그녀는 선우를 보며 서 있었다. 한양에 살며, 글 좀 익혔다는 선비라면, 좌포청의 위치를 모를 리 없었다.

"저를 따라오세요."

하지만 그녀는 묻지 않았다. 전주 이 씨…… 그 성이 왕족이라는 것은 그녀도 알고 있었다. 그러기에 포도청과는 거리가 먼 삶을 살아왔기에, 모를 수도 있다고 여겼다.

많은 의문이 있지만, 그를 데리고 좌포청을 향해 움직였다.

"아니! 이놈은!"

선우가 다시 좌포청에 모습을 보이자, 지난날 선우를 끌고 화장실로 향하였던 포졸이 눈을 부라리며 그에게 다가와 멱살을 잡았다.

"이 무슨 짓인가!"

그의 행동에 미령이 큰 소리쳤다. 곧 포졸은 선우의 멱살을 급하게 풀고, 그녀를 향해 고개 숙였다.

"무고가 밝혀졌으니, 이분과 또 다른 선비의 석방을 말하러 온 것이네."

미령의 말에 포졸들이 가만히 서 있었고, 곧 포도대장이 관청에서 나오며 미령을 보았다.

"무고가 밝혀졌다니. 대감께서 저자의 죄를 묻지 않겠다는 말씀이십니까?"

여전히 그의 목소리는 묵직하였고, 근엄할 정도였다.

"애초에 죄는 없었습니다. 서로 간의 오해가 생겼고, 아버지께서 그 오해가 풀렸으니, 석방을 부탁드렸습니다."

미령이 그의 물음에 답하였고, 포도대장의 시선은 선우에게로 향하였다.

"아씨의 말을 들어, 옥에 갇힌 자는 석방토록 하겠습니다. 하나! 저자는 포도청을 빠져나간 죄가 있기에, 석방에 동의할 수 없을 것 같습니다."

"……!!"

선우가 놀란 것이 아니었다. 미령이 놀란 눈으로 포도대장을 본 후, 곧바로 시선을 선우에게로 돌렸다.

"벗이 죄를 씻을 수 있다면, 기꺼이 포도대장님의 뜻에 따르겠습니다."

"그건 안 될 말씀입니다. 왜 그대가……."

선우는 그녀의 말이 끝나기 전, 자진하여 포도청으로 들어섰다. 그의 행동에 미령은 말을 잇지 못하였고, 포도대장도 그의 뒷모습을 보며 아무 말 못하였다.

"옥에 갇힌 박세돌을 석방하고, 저자를 하옥시켜라."

"네, 나리!"

포도대장은 포졸에게 명령 내리고는, 미령에게 인사한 후, 다시 포도청으로 들어섰다.

미령은 잠시 가만히 있다 곧바로 포도청에 들어섰다. 그러고는 포도대장을 지나 옥사로 이동 중이던 선우 앞을 막았다.

"괜찮습니다. 그보다…… 벗이 나오면 그 벗이 훌륭한 정치를 할 수 있으니, 좌의정 대감께서 친히 잘 살펴 주십사 부탁드린다고, 전해 주십시오."

선우는 그녀의 흔들리는 눈동자를 보며 말했다.

"이거……."

그녀는 떨리는 눈동자로 그를 보다가 곧 선우에게 노리개를 건네주었다. 노리개는 지난날 미령이 선우에게 사 준 것으로, 포졸에 의해 끌려갈 때 땅에 떨어뜨렸던 것이었다. 그 떨어진 노리개를 그녀가 주워, 가지고 있던 것이었다.

선우는 그녀가 주는 노리개를 받은 후, 미소를 지었고, 곧 포졸들과 함께 계속 걸어갔다.

아직 시간은 정오도 넘기지 않고 있었다. 즉, 선우가 다시 현실 세계로 돌아가기에는 긴 시간이 남은 것이었다.

"왜…… 나만 풀려난 것이오?"

선우의 생각대로 일은 진행되어 박세돌은 석방되었다.

그는 옥에서 나오며 포졸에게 자신의 석방 이유를 물었다.

"미령 아씨와 함께, 벗인가 하는 사내가 찾아와 무죄를 증명했다. 그로 인하여 석방되는 것이다."

포졸은 그를 옥에서 끌고 나온 뒤 포도청 문 앞까지 인솔한 후 답하였다.

"괜찮으십니까?"

그가 포도청 문 앞까지 오자, 그곳에서 기다리고 있던 미령이 물었다.

"어찌 된 일입니까? 그리고 제 벗은 어디에 있습니까?"

미령에게 물었다. 그리고 박세돌의 입에서는 여전히 선우를 빗대어 벗이라는 말이 나왔다.

"도령의 벗은 지난 밤, 옥에서 빠져나와 오늘 아침 저의 아버지를 찾아왔습니다. 그리고 도령의 무죄를 말하였

아빠는
신입
사원

고, 그 뜻이 아버지께 전달된 것입니다."

박세돌은 놀란 눈으로 그녀를 보았다. 그리고 다시 시선을 포도청으로 돌렸다.

"옥을 빠져나와 나의 무죄를 증명하였다면, 그는 죄인이 되는 것입니다. 낭자께서는 그것을 알고 있을 터인데, 어찌 그 벗을 데리고 이곳으로 온 것입니까!"

박세돌의 눈빛이 날카롭게 변한 상태였다. 그의 묵직한 음성에 목소리까지 크니, 주위의 모두가 그를 향해 보고 있었다.

"이건 아닙니다. 애당초 없던 죄를 뒤집어쓰게 만든 좌의정 대감의 잘못이지, 왜 그 벗이 이 죄를 받아야 하는 것입니까!"

여전히 박세돌의 목청은 높았다. 포졸들은 그가 포도청 안으로 들어설 것만 같아, 마른 침을 꿀꺽 삼키고 있었다.

"벗을 구할 수 있는 방법은 하나입니다. 아버지께 찾아가셔서 조금 전 저 벗처럼 무죄를 증명하면 되는 것입니다."

점차 화가 치밀어 오르고 있던 박세돌에게 그녀는 침착한 어투로 말했다.

그리고 그녀의 말이 말을 들은 후에도 박세돌은 그녀를 노려보았다.

"앞장서시오. 내 당장 좌의정 대감께 잘못된 것을 바로 잡도록 말할 것이오!

　미령은 박세돌의 표정이 날카롭고, 어투도 변하며, 목소리에 강한 자신감마저 묻어 있다는 것이 보였다.

　그리고 이미 옥에 갇힌 선우가 아침에 좌의정 앞에서 당당히 말한 것처럼, 박세돌 또한 벗의 무죄를 위하여 당당할 것이라 여겼다.

　"대감마님, 아씨가 돌아오셨습니다. 그런데……."

　집사의 말에 좌의정이 사랑채를 나섰다. 이미 생일잔치로 인하여 수많은 사람들이 들어와 있었고, 별의별 선물 보따리들이 마당을 다 채울 심상으로 빼곡하게 쌓여 있다.

　"좋은 벗을 두었으니, 좋은 성품도 지녔을 것이라 믿는다. 자네는 이름이 무엇인가?"

　좌의정은 미령과 함께 들어선 인물이 선우가 아닌 박세돌일 것이라 이미 알고 있었다.

　그 역시 선우가 그대로 포도청으로 가면, 그가 옥에 갇힌다는 것을 다 알고 있었다.

　"소인 박 가 세돌이라 합니다."

　박세돌은 그의 물음에 답했다. 그리고 다시 고개 들어 그를 보았다.

　"자네도 벗을 구하고자……."

"비단. 벗을 구하고자 온 것만은 아닙니다. 왜 잘못된 것을 아시면서 그것을 바로 잡고자 하시지 않습니까? 대감께서 내뱉으신 한마디에 힘없는 자들은 그냥 죽을 수도 있습니다. 부디! 높은 자리에 앉으신 만큼 입 밖으로 나오는 말씀이 그 자리에 어울리도록 해 주십시오."

또다시 모두가 조용해졌다. 이제는 좌의정의 생일을 축하하기 위하여 찾아온 귀빈들마저도 조용히 박세돌을 보았다.

그때 미령은 좌의정으로 곁으로 다가섰고, 포도청에서 선우가 부탁했던 말을 그에게 전하였다. 좌의정은 그녀의 말을 들은 후, 박세돌을 향해 다시 시선을 돌렸다.

"이선우가 나에게 부탁한 것이 있네."

"무엇입니까?"

주위에 있던 모두가 당황한 듯한 눈빛들이었지만, 좌의정은 태연하였다.

그의 당당함도 오전에 보았던 선우 못지않다는 것을 느꼈다. 그리고 벗을 생각하는 마음 또한, 그와 다를 것이 없다고 여겼다.

"이선우가…… 자네의 성품을 곁에 두고, 좋은 곳에 쓸 수 있도록 해 줄 수 없냐는 부탁을 하였다. 자네는 내 곁에 남아 그 성품을 나에게 보여 줄 수 있겠는가?"

박세돌은 미령을 보았다. 그녀는 고개를 끄덕거렸고,

조금 전 좌의정이 한 말이 진실임을 알았다.

"벗의 무죄를 증명해 주시고, 잘못된 것을 잘못되었다고 말씀하실 수 있으시다면! 기꺼이…… 대감을 위해, 아니, 이 나라를 위해 내 모든 것을 다 내어 놓겠습니다."

박세돌은 모든 귀빈들이 자리한 곳에서 굵직하며, 명확한 어투로 말했고, 귀빈들은 그를 빤히 보고만 있었다.

"들어와서 요기나 하게나. 자네에게 내 실수를 만회할 수 있는 기회를 주란 말이네."

"벗의 석방과 소인의 물음에 대한 답을 듣기 전까지는 그리하지 못할 것 같습니다."

좌의정은 그를 보았다. 어찌 하나도 틀리지 않고, 오전에 보았던 선우와 같은 말을 하는 박세돌이었다.

"어제 과거를 본 인물로 알고 있네. 자네가 이번 과거의 시제에 낸 답안을 나에게 보여 줄 수 있는가?"

엉뚱한 질문이었다. 벗의 석방을 부탁하는 자리에서 이미 지나 버린 과거 시험에 대한 답안을 보여 달라니, 박세돌은 그의 질문에 의아한 표정을 지었다.

잠시 후 박세돌의 앞으로 지필연묵(紙筆硯墨)이 놓여졌다.

"벗의 석방은…… 그 답에 따라 달라질 것이네."

"아버지……."

좌의정의 말에 미령은 나지막한 목소리로 그를 불렀다.

그리고 박세돌의 표정은 더 진지하게 변하였다.

곧 자리에 앉은 그는 먹을 갈았고, 붓을 들어 먹을 적신 후, 종이 위에 올렸다.

그리고 과거 시제에 대한 자신의 답을 적어 나갔다.

좌의정은 물론, 그의 생일을 축하하기 위하여 찾은 많은 인물들도 그의 답안을 보기 위하여 사랑채에서 나왔고, 조금씩 사람들은 더 모여들기 시작하였다.

잠시의 시간이 지난 후, 박세돌이 작성한 답안을 들고, 집사는 좌의정으로 곁으로 다가갔다.

답안을 받아 들은 좌의정은 의미를 알 수 없는 표정으로 박세돌이 작성한 답안에 대한 자신의 생각을 대신하고 있었다.

"이 답안으로…… 벗을 구할 수 있을 것이라 보는가?"

그리고 물었다.

"그 답안으로 벗은 물론, 이 나라에서 억울한 처사를 받고 있는 모두를 구할 것입니다."

답안보다 더 큰 충격을 주는 그의 말이었다. 물론 박세돌이 작성한 답은 시제의 답이 아니었다.

그가 선우에게 말했듯이, 책에서 본 답이 아닌, 자신의 주위에서 본 답안을 적었다.

모든 것이 잘못되었다고 여겨지는 수많은 문제에 대한 답. 그 답은 좌의정은 물론, 함께 답안을 본 모두를 당황

케 만들었다.

"자네는…… 조정이 나라 운영을 잘 못하고 있다 보는 가?"

"잘 못하는 것이 아니라, 제대로 보려 하지 않는다는 말씀을 드리는 것입니다. 조금만 제대로 보신다면, 진정 배우지 못하고, 가난한 백성들이라도, 탐관오리들에게 짓밟히며 살아가지는 않는다는 말씀입니다."

좌의정은 그의 말을 들은 후, 답안을 덮었다. 그리고 그를 보았다.

"지금 즉시, 좌포청으로 가 이선우를 석방하라."

"네, 대감."

박세돌의 표정이 그때서야 밝아졌다. 하지만 좌의정의 표정은 밝지 않았다. 그를 매섭게 보고 있을 뿐이었다.

"내. 너의 뜻은 잘 알겠다. 네가 무엇을 생각하는지도 잘 알겠다. 하니…… 지금 즉시 좌포청으로 가 벗을 만나고 다시 나에게로 오거라."

좌의정의 말뜻을 이해할 수 없었다. 벗을 만난 후, 고향으로 돌아가라는 말이 아닌, 다시 자신에게 오라는 말은 또 다른 일이 남아 있다는 뜻으로 풀이가 되었다.

"알겠습니다, 대감."

하지만 박세돌은 그가 한 말에 대한 이유를 묻지 않았다. 지금은 선우가 옥사에서 잘 풀려났는지를 확인하는 것이 우선이었다.

박세돌은 급히 좌포청으로 향하였고, 미령도 함께 따라나섰다.

"대감…… 어찌 이런 답안을 제출할 수 있습니까? 이 답안은 조정에……."

"결코 정답이라 말할 수 없는 답이지만, 한편으로는 바로 이 나라가 원하는 답이기도 하네. 내 이 답안을 들고, 궐로 향할 것이다. 그리고 박세돌이란 인물…… 내 곁에 둘 생각이네."

좌의정의 생일을 축하하기 위하여 그의 집을 찾은 인물의 대부분이 조정에 있는 인물들이며, 인근 고을의 관료들이었다.

그들이 본 박세돌의 답안은 자신들 모두를 겨냥하는 듯한 답안이라 여겨졌다.

하지만 좌의정은 그의 답안이야말로, 현재 노론이 처해 있는 상황에 꼭 필요한 답안이라 여겼다.

좌의정. 그의 이름은 홍낙성으로, 정조의 최대 측근인 체재공과 마찰이 있었던 인물이기도 하였다.

즉. 정조와는 별 맞지 않는 인물이었다.

'내 앞에서 왕족 가문을 들먹이는 놈이나, 이런 대담한 답안을 제출하는 놈이나. 진정 간을 배 밖에 두고 다니는 놈들이라 말할 수밖에 없군. 하지만…… 네놈들의 언행은

결국······ 나를 위한 언행인 것을 잘 알거라.'

좌의정은 저 멀리 좌포청으로 급히 뛰어가고 있는 박세돌을 보며 홀로 중얼거렸다.

"괜찮으신가?"

포도청에 도착하자, 이미 연통을 받은 포도대장이 선우를 석방하였고, 포도청 관문 앞에 나와 있는 선우를 보자마자 박세돌이 물었다.

"내가 어찌 다시 풀려난 것입니까?"

선우는 박세돌과 미령을 보며 물었다.

"이 선생이 보여 준 우정에 의해 풀려나지 않았겠소. 내가 이 나이 살도록 이 선생 같은 분은 진정 처음이오."

박세돌은 선우의 어깨에 손을 올리며 그를 격하게 안은 뒤 여전히 굵직한 어투로 말했다.

"이제······ 벗이 석방되는 것을 보았으니, 도령께서는 대감과의 약속을 지키시지요."

선우의 석방을 보며 기분 좋게 웃고 있을 때, 좌의정의 집사가 말했다. 그의 말에 박세돌과 미령의 미소는 사라졌다.

"그래야지요. 약속은 약속이니, 지켜야지요. 갑시다."

박세돌은 선우의 어깨를 토닥거리며 말했고, 몸을 돌려 가는 그에게 선우는 아무런 물음도 하지 않았다.

그가 좌의정과의 약속으로 돌아간다는 말을 했음에도

그에 대한 물음을 하지 않은 것에 미령은 선우를 빤히 보았다.

"도령께서 말씀하신대로 저분의 성품은 아버지께 큰 도움이 될 것입니다."

미령은 그가 왜 박세돌에게 묻지 않았는지 알고 있었다. 이미 선우는 좌의정이 박세돌에게 내건 약속이란 것이 무엇인지 잘 알고 있었기 때문이었다.

"가십시오. 그리고 낭자께도 벗을 잘 부탁드립니다."

미령은 자신을 향해 고개 숙여 인사하는 선우를 빤히 보았다. 어제 처음 보았을 때, 진정 천민의 어투와 행동이었다. 하지만 지금 선우의 어투와 행동은 선비였다.

"알겠습니다. 선비님께서도 편히 지내십시오."

미령은 그에게 고개 숙여 인사하였다.

박세돌은 집사와 함께 먼저 걷고 있었고, 조금 멀어지자, 손을 흔들어 선우에게 작별인사를 하였다.

그리고 그의 곁으로 다가선 미령은 손을 흔들고 있는 박세돌의 얼굴을 보았다.

큰 덩치에 잘생긴 외모. 그의 눈동자는 붉게 젖어 있었고, 외모는 울상이 된 채, 여전히 손을 흔들고 있었다.

—삐~익, 삐익.

"아주 타이밍도 적절하군."

소환을 알리는 전자음이 울리고, 선우는 포도청을 벗어

나 집터 한쪽 구석으로 간 뒤, 하늘을 향해 보았다.

맑은 하늘. 구름 한 점 없는 하늘에 박세돌의 마지막 얼굴을 기억하며 서서히 눈을 감았다.

"수고하셨습니다."

여전히 그를 반겨 주는 인물은 실장이었다.

임무를 끝내고 돌아오면 늘 수고하였다는 말을 가장 먼저 하였다.

그 말이 대수롭지 않게 여겨지지만, 참 고마운 말이었다.

"박세돌에 관한 일은 이제 마무리 짓도록 하겠습니다. 그가 어찌 되었습니까?"

선우는 그의 물음이 있은 후, 미소를 지었다. 답 없이 미소만 짓는 그의 얼굴을 실장은 잠시 동안 보고 있었고, 박 팀장도 그의 옆에서 함께 보고만 있었다.

"박세돌 씨는 바람난 것도 아니며, 죽은 것도 아닙니다. 단지…… 과거 시험에 낙방하였지만, 좌의정 대감의 천거로 궐에 들어설 것입니다. 의뢰한 사람에게 전해 주십시오. 박세돌이란 사람은…… 조선에 큰 보탬이 되는 인물이며 지금은 좌의정의 집에서 함께 생활하고 있다고 말입니다."

선우는 기분 좋은 미소를 지으며, LED 밖으로 나섰

다. 그의 말에 두 사람도 미소를 지었다.

"다행입니다. 첫 임무에 대한 기억은 오래 남습니다. 만에 하나 실패하든지, 아니면 좋지 않은 기억을 가지고 임무를 마무리 하였다면, 다음 임무에 많은 차질이 생겼을 것입니다."

박 팀장이 이선우의 뒷모습을 보며 말했다.

"이선우 씨."

휴게실로 들어서는 그를 실장이 불렀다.

"첫 임무를 성공적으로 마무리 한 것을 축하드립니다. 아울러. 임무 기간인 내일까지는 휴가입니다. 가족들과 즐거운 시간 보내십시오."

실장은 선우에게 고개 숙여 인사하며 말했다.

이선우는 그의 행동에 잠시 당황하였고, 곧 미소를 지은 뒤, 자신도 그를 향해 고개 숙였다.

이로써 신입사원 이선우는 정확히 회사명이 무엇인지도 모르는 이 회사에서 주어진 첫 번째 임무를 마무리하였다.

하지만. 선우를 비롯하여 이들은 과거의 변화를 알지 못하였다.

선우의 왕족에 관한 말과, 박세돌을 홍낙성의 곁에 둔 것은, 훗날, 크나큰 일을 만들게 된다.

홍낙성과 채제공은 언제나 마찰이 심한 사이였다. 뛰어난 성품을 지닌 박세돌이지만, 그 두 사람의 마찰 속에서 박세돌은 아주 수많은 결심을 몇 번이나 해야 했다.

정조의 사람인 채제공과, 노론 중심인 홍낙성.

정조의 모든 것에 반대의사를 펼치는 노론의 세상에 뛰어든 박세돌은 홍낙성의 인재 등용에 불만이 많았다. 훌륭한 인재임에도 불구하고 남인이라는 이유만으로 낙방을 선고하는 그에게 자신이 보여 준 시제의 답을 몇 번이고 말했다.

하지만 홍낙성은 오히려 박세돌을 앞선에 내세웠다.

이는 선우의 왕족에 관한 말이 빌미가 된 것이었다. 홍낙성은 박세돌이 자신의 뜻을 거역할 때마다, 그 당시 선우가 박세돌을 구하고자, 자신에게 했던 왕족 사칭을 들먹였다.

박세돌은 왕족 사칭에 대한 형벌을 잘 알고 있기에, 조선 땅 어딘가에서 살아가고 있을 선우를 위하여, 진정 조선의 훌륭한 인재였던 박세돌은 자신의 뜻과 맞지 않는 길을 걸어가게 되었다.

발걸음도 가볍게 회사를 나왔다.

"비가 오네."

맑은 날이었지만, 여우비가 내리고 있었다.

선우는 비를 맞으며 걸었다. 그리고 곧 뛰었다.

"여보!"

아파트 앞까지, 마치 미친놈처럼 두 팔을 벌려 뛰고 있는 그를 향해 아내가 소리쳐 불렀다.

퇴근 시간에 맞춰, 갑작스레 내린 여우비로 인하여 아내가 우산을 들고 마중 나온 것이었다.

선우는 우산을 들고 있던 그녀의 곁에 섰다. 그리고 젖은 몸으로 그냥 안았다.

"차가워요."

선우의 행동에 아내는 주위를 보며 말했다. 나이 마흔 살에 닭살 행각은 자칫 주변인들의 부러움을 한 몸에 받을 수 있었다.

"여보 여기……."

집에 들어선 후, 선우는 미령이 건네준 노리개를 그녀에게 주었다.

실장에게는 말하지 않았다. 과거의 그 어떤 것도 가져올 수 없다는 규칙을 어겼기에, 말 할 수 없었다.

"와…… 너무 예쁘네요."

진심이었다. 아내는 그 어떤 장식구를 많이 보았지만, 이토록 아름다운 빛깔을 간직한 장식구는 진정 처음 보았다.

"그리고 나 내일은 휴가야."

"네? 입사한 지 일주일 만에 휴가요? 대체 무슨 회사인데……."

"내가 일을 잘해서 그런 거지. 하하하. 아무튼, 내일은 휴가니. 모처럼 데이트나 할까?"

아내는 그의 말을 들은 후, 잠시 그의 얼굴을 보고 있었다. 그리고 후다닥 방으로 뛰어 들어갔다.

그녀의 갑작스러운 행동에 선우는 그녀의 뒤를 따라 방으로 들어갔다.

"왜…… 그래?"

"옷…… 옷을 미리 챙겨 두려고요."

그녀의 말에 선우의 표정이 변하였다.

미안했다. 고작 데이트 한 번 하자는 말을 했을 뿐인데, 그녀는 마치 연애를 막 시작한 여인처럼 보였다.

설렘에 옷을 고르고, 다음 날 있을 데이트에 선잠을 자던 때. 그때가 떠올랐다.

그리고 결혼 후 생각해 보니, 그녀에게 이 말을 한 기억이 없었다. 너무 빡빡하게만 살아온 나날이었다.

제대로 된 외식은 물론, 가족끼리 나들이 간 기억도 없었다. 그녀가 흥분하며, 설레는 표정으로 옷을 고르는 이유를 알 수 있었다.

다음 날.

처음으로 맞이하는 듯한 휴가라 느껴졌다. 다른 가족들처럼 마음 편히 휴가란 것을 즐겨 본 기억이 없었다.

단 하루의 휴가라 멀리 가지 못하였다.

가까운 바다를 찾았고, 그곳에서 모처럼 시원한 바닷바

람을 맞으며 한가로운 시간을 보냈다.

하지만 그는 알지 못한다. 자신의 행동으로 인하여 과거가 바뀌었다는 것을 모른다. 진정 훌륭한 인재였던 한 인물에게 또 다른 길을 걷게 하였다.

하지만 이미 임무는 끝났다. 선우의 삶과는 이제 아무런 관련도 없는 일이 되었다.

"박세돌에 관한 의뢰는 잘 처리되었는가?"

같은 시각. 실장은 박 팀장에게 선우가 맡았던 임무의 완료에 관한 보고를 물었다.

"네. 실장님. 의뢰인에게 의뢰비를 모두 받았고, 의뢰인이 그 즉시 한양으로 향할 것이란 답을 들었습니다."

실장은 임무 완료 보고를 그에게 말했고, 의뢰인이 전한 말도 그에게 전하였다.

"이선우 씨가 맡을 만한 임무가 있는가?"

첫 단추를 잘 꿴 선우에게 연이은 임무를 주고 싶어 하였다.

"이미 다른 사원들이 임무 수행 중입니다. 비록 첫 번째 임무를 잘 끝냈지만, 무턱대고 근 미래의 일이나, 먼 미래의 일을 맡길 수는 없는 노릇이니까요."

그녀의 말처럼 과거의 일은 비교적 쉬운 일이었다. 신입사원들에게는 그 쉬운 일도 무척 어렵게 느껴지겠지만,

베테랑들에게는 하루 만에 끝내 버릴 일도 수두룩하였다.

그리고 미래에서 오는 임무는 과거에서 오는 임무와는 다르다. 바로 내일의 일이라도, 미래에서 오는 일은 신입사원이 처리하기에 벅찬 일들이 대부분이었다.

"적당한 의뢰가 들어오면 이선우 씨에게 줄 것이니, 선별해 놓도록."

"알겠습니다."

실장은 신입사원 이선우가 해결한 박세돌에 관한 임무 기록에 완료 체크를 한 후, 그의 사무실로 향하였다.

가족들과 지내는 하루는 생각보다 무척 빨리 지나가고 있었다. 마치 1분이 한 시간 마냥 후다닥 지나가 버리는 하루였다.

저녁 8시가 되어서야 집에 도착하였다. 저녁을 차릴 기운도 남지 않게 즐거운 시간을 보냈기에, 집에 들어서자마자 두 아들은 자연스럽게 방으로 들어가 침대에 누워 버렸다.

"씻고 자야지."

반쯤 눈이 감긴 채 방으로 들어선 아들들을 향해 아내는 말했다. 그녀의 목소리도 지쳐 있는 듯하였다.

"즐거웠어?"

두 아들을 일으켜 세우기 위하여 방문을 열려고 하던, 아내의 손을 잡고 물었다.

"네, 정말 행복한 하루였어요."

아내는 아들 방문 손잡이를 놓으며 답했다. 그리고 선우는 아내를 안아 주었다.

두 아들은 정말 누가 업어 가도 모를 정도로 깊은 잠에 빠졌다.

선우와 아내는 샤워를 한 후, 거실에 앉았다. 시계는 밤 10시 30분을 가리키고 있었다.

"우리도…… 그만 잘까?"

선우는 평소답지 않게 말을 더듬거렸다. 그의 말을 들은 후, 아내는 조금은 버터 바른 눈빛으로 자신을 보고 있는 선우를 빤히 보았다.

"셋째는 다음에……."

선우의 눈빛이 무엇을 말하는지 안 듯 하였다.

그녀는 선우를 꼭 안아 주며 말했고, 이선우는 잠시 동안 자신을 안은 그녀의 체온을 느끼고 난 후, 미소를 지으며 그녀를 안았다.

하루를 정말 꽉 차게 보냈다. 두 사람도 아이들처럼 침대에 눕자마자, 5분도 지나지 않은 상황에 코까지 골며, 깊은 잠에 빠져들었다.

Episode 2

Chapter 1

"좋은 아침입니다."

다음 날. 선우는 평소보다 더 활기차며, 밝은 표정으로 회사에 들어섰다.

"네, 좋은 아침입니다."

박 팀장이 그를 반겼다. 그녀도 해맑은 선우의 표정을 보며 함께 밝은 표정을 지어 주었고, 곧 실장도 사무실에서 나서며 선우에게 인사하였다.

"휴가는 잘 보내셨습니까?"

그리고 물었다.

"네. 사실…… 평일의 휴가라 적응이 되지 않았습니다. 그래도 아주 즐거운 휴가를 보냈습니다."

선우는 실장의 말에 웃으며 답하였다.

아직 마땅한 임무가 들어온 것이 없었다. 별다른 일 없이 시간을 보내며, 실장과 대화를 하고 있었다.

묻고 싶은 것이 아직도 한가득했지만, 묻지 않고, 그냥 실장과 통상적인 대화만을 주고받았다.

"실장님 의뢰입니다."

출근한 후, 두 시간 동안 실장과 수다만 떨고 있었다. 그리고 곧 한 여직원이 말했다.

"시대는?"

실장은 그 어떤 말보다 의뢰인이 의뢰한 시대를 먼저 물었다. 이는 선우에게 곧바로 임무를 주고자 하는 그의 마음이었다.

"3일 후 미래입니다."

"……."

선우도 두근거리는 마음으로 그녀의 말을 기다렸다. 하지만 미래에서 온 의뢰였다.

지금까지 신입사원은 그 어떤 누구도 미래에서 온 임무를 맡은 적이 없었다.

실장도 잠시 말이 없었고, 선우도 잠시 말이 없었다.

"내용은?"

실장은 나지막한 목소리로 의뢰 내용을 물었다.

"3일 후. 자신의 아들이 한 아이를 유괴하여 살해하려는 것을 막아 달라는 내용입니다."

"……!!"

선우는 놀란 눈으로 여직원을 보았다. 그리고 다시 시선을 돌려 실장을 보았다.

실장의 표정도 굳어 있었다.

살인을 막아 달라는 의뢰. 이런 의뢰는 과거에도 수차례 있었다. 하지만 이번엔 달랐다. 살인자가 의뢰인의 아들이며, 그 살인 대상이 아직 어린 아이라는 것이었다.

"3일 후면 근 미래의 임무다."

실장은 박 팀장을 보며 말했다.

"네. 비록 3일 후의 일이지만, 엄연한 미래의 일입니다. 우리가 살고 있는 현재의 시간보다, 단 1초라도 먼저 살아간 사람이 의뢰를 한다면, 그것 역시 미래의 임무입니다."

박 팀장은 실장이 말한 의도가 무엇인지 알고 있었다. 그는 비록 미래의 일이지만, 선우에게 이 일을 맡기고 싶었던 것이었다.

"더군다나 근 미래의 일입니다. 즉, 임무를 완료한 뒤에, 현재의 사람이 그 일에 관여할 수 있는 일도 충분히 발생할 수 있습니다."

박 팀장은 다시 말했다. 그녀의 말처럼 3일 후의 일은, 지금으로부터 3일 후, 이들도 모두 겪을 일이었다.

그러기에 임무가 끝난 후에도 충분히 그 일에 대해, 현재의 시점에서 관여할 수도 있는 것이었다.

"이 일은 1급 베테랑에게 맡기도록……."

"아니, 이 임무…… 이선우 씨가 맡아 보겠습니까?"

"실장님!"

박 팀장의 말에 실장은 선우를 보며 물었다. 그러자 곧바로 박 팀장의 높은 음성이 들렸다.

"지금까지 그 어떤 신입사원도 미래의 일은 맡은 적이 없습니다. 하물며, 이제 고작 하나의 임무를 완수한……."

"그렇지. 지금까지는 없었지. 하지만 이선우 씨는 지금까지 없었던, 조기 출근도 하였고, 잘못된 것을 바로잡기 위한 과거의 일에도 관여하였네."

박 팀장이 말한 규칙은 이미 지난 박세돌의 일로 인하여 깨진 상황이었다. 그래서 실장은 선우에게 또다시 규칙을 깨는 임무를 주려 한 것이었다.

"해 보겠습니까?"

실장이 다시 물었다. 그리고 박 팀장의 시선도 선우에게 향하였다.

"하겠습니다. 꼭 하겠습니다. 더군다나 아이를 상대로 하는 유괴입니다. 막을 수 있다면 꼭 막고 싶습니다. 그리고…… 제가 이 세상에서 절대 존재하지 말아야 할 사람

아빠는
신입
사원

으로 생각하는 것이 패륜아와 아이를 상대로 하는 범죄입니다. 꼭 하겠습니다."

선우의 표정은 비장하게 보였다.

그의 표정으로 실장의 마음도 이미 결정된 듯 보였고, 박 팀장은 어쩔 수 없이 또다시 규칙을 어기는 일을 할 수밖에 없는 것에 표정이 굳어졌다.

"의뢰 내용을 상세히 보고하라."

실장은 의뢰를 받은 여직원에게 말했다.

"의뢰 내용을 직접 들려 드리겠습니다."

그리고 여직원은 의뢰인의 음성으로 직접 의뢰 내용을 모두가 듣도록 준비하였다.

"안녕하세요. 제가 살고 있는 이 세상에 이런 일을 하는 곳이 있다는 것을 믿을 수 없었습니다. 하지만 이제는 믿고 있습니다. 그래서 부탁드립니다. 이 보잘 것 없는 여인의 소원을 들어주십시오."

약 50대 중반 정도로 보이는 한 여인이 메인 모니터에 띄워지고, 그녀의 목소리가 들렸다.

"내가 살고 있는 지금의 세상에서 약 1시간 전 일어난 일입니다. 내가 의뢰한 날짜로 계산한다면, 그쪽은 내가 살고 있는 곳과 3일의 차이가 있겠군요."

그녀의 말처럼 3일 후에 일어나는 일을 막는 것이기에, 그녀와 지금의 세상은 단 3일의 간격을 두고 살아가고 있는 것이었다.

"우리 아들……. 사실…… 그 아들을 제가 유괴하여 키웠습니다. 젊은 시절, 결혼을 하였지만, 아이가 생기지 않아 이혼 당했습니다. 너무나 아이를 갖고 싶어, 하지 말아야 할 일을 하였습니다. 하지만 결코 학대하거나, 비뚤어지게 키우지 않았습니다. 친부모보다 더 애정을 주며 키웠습니다. 하지만 그 아이가 모든 사실을 알았습니다. 자신을 유괴하여 키웠다는 모든 것을 알았습니다. 그리고 악마가 되었습니다. 자신도 똑같이 누군가의 아이를 유괴할 것이지만, 그 아이를 키우지 않을 것이고, 죽여 버린다 하였습니다. 그리하여 나에게…… 그리고 아이를 제대로 보호하지 못한 유괴된 아이의 부모에게…… 세상에서 가장 큰 고통을 주고 싶다 하였습니다."

그녀의 말을 듣는 도중, 선우의 눈매는 매섭게 변하였고, 두 주먹은 꽉 쥐어져 있었다. 바로 의뢰를 한 여인도 아이를 유괴한 인물이라는 것에 화가 난 것이었다.

"그리고…… 1시간 전. 결국 아들은 그 아이를 죽였습니다. 지금의 세상에는 온통 그 사건으로 시끄럽습니다. 부디…… 우리 아들로 인한 죄 없는 한 아이의 운명을 바꿔 주십시오."

의뢰 내용이었다. 3일 후 있을 유아 유괴 살인 사건을 미리 알려 주는 내용이기도 하였다.

아빠는
신입
사원

"하시…… 겠습니까?"

모든 내용은 들었다. 실장은 선우에게 다시 물었다. 이는 미래를 바꿔 달라는 의뢰. 결코 받아서는 안 될 의뢰였다.

하지만 실장은 이미 의뢰를 승낙하였다. 의뢰인이 의뢰한 그 시대에는 이미 일어날 일이다. 하지만 앞으로 다가올 미래를 이들은 바꾸게 되는 것이었다.

일반적인 일이라면 결코 승낙하지 않았을 것이었다. 하지만 살인 사건이며, 그것도 희생자가 어린아이라는 말에 실장은 의뢰를 받아 준 것이었다.

"하겠습니다. 유괴된 아이와, 유괴한 저 여자의 아들은 꼭 구하겠습니다. 하지만…… 저 여자는 절대 용서할 수 없을 것 같습니다. 이 일이 끝난 후, 저 여자에게 말해 주십시오. 회사에서는 의뢰비를 받아야 하지만, 저에게 줄 수당을 대신하여, 자진하여 경찰서로 찾아가 자신의 죄를 고하라 하십시오."

선우의 음성은 너무나 날카롭게 들려왔다. 그리고 그의 말에 실장은 박 팀장을 보았다.

여기에 있는 모든 직원들은 돈을 벌기 위하여 이 일을 하고 있다.

하지만 선우는 달라 보였다. 자신이 받아야 할 수당을 버리며, 죄를 지은 사람이 죄를 뉘우칠 기회를 주고 있었다.

"3일이면 촉박한 시간이다. 서둘러 세팅해."

잠시 동안 선우를 보고 있던 실장이 박 팀장에게 말했다. 박 팀장은 썩 내키지 않지만, 실장의 명령이기에 따를 수밖에 없었다.

곧 직원들에게 LED를 준비하도록 하였고, 선우의 곁으로 다가섰다.

"의뢰 시간은 2014년 6월 13일입니다. 그리고 지금 시간은 2014년 6월 10일이며, 이선우 씨가 임무를 수행하기 위하여 가는 곳은 서울 강남구 대치동 일대이며, 시간은 현재 시간. 날짜는 2014년 6월 11일로 갑니다. 즉, 내일로 가며, 6월 11일을 기준으로 2일 안에 의뢰인의 아들과 의뢰인의 아들이 유괴한 아이를 찾아, 그 사건을 막아야 합니다."

박 팀장이 임무 내용에 대해 설명해 주었다. 이미 의뢰인의 음성으로 내용을 들었지만, 날짜와 시간은 듣지 못하였다.

"의뢰인이 보내 준 아들의 사진입니다. 숙지하십시오."

"네."

LED로 들어서기 전, 박 팀장은 선우에게 사진 한 장을 띄운 중앙 모니터를 가리키며 말했고, 선우의 시선에 한 사내의 모습이 들어왔다.

평범한 외모, 정말 외모만으로 본다면, 범죄와는 거리

아빠는
신입
사원

가 멀게 생긴 인물이었다.

하지만 사람은 절대 겉모습만으로 판단하면 큰 낭패를 본다. 사람의 내면만이 진정 그 사람의 됨됨이를 보여 주는 것이다.

"시작하겠습니다."

선우는 LED 안으로 움직였다. 처음의 설렘과 긴장은 없었다. 오로지 죄 없는 아이를 구하고자 하는 마음만이 선우의 모든 신경을 장악하고 있었다.

"준비됐습니까?"

LED 안에 들어선 선우를 향해 실장이 다가서며 물었다. 그리고 선우는 대답 대신 고개를 끄덕이는 것으로 답을 하였다.

"오늘은 오전 시간을 그냥 보냈습니다. 그러니 오후 시간을 바삐 움직여야 할 것입니다."

실장이 다시 말을 이었고, 곧 선우는 눈을 감았다.

빵빵!

눈을 뜨자, 자동차 경적 소리와 함께, 무역센터가 보였다.

선우는 삼성역 2번 출구에 서 있었고, 아주 넓은 도로를 향해 시선을 돌렸다.

"오후 1시."

시계를 보았다. 실장의 말처럼 오전을 그냥 보냈기에, 임무 수행을 하는 시간은 실질적으로 이틀이 남았다고 보면 된다.

사무실에서 마지막으로 보았던 의뢰인의 아들 사진을 떠올렸다.

필시 삼성역 2번 출구로 보내졌으니, 이 인근에 해당 인물이 있다는 것과 같았다.

선우의 눈은 바삐 움직였다. 하지만 너무 많은 사람들로 인하여, 쉽게 해당 인물을 찾을 수 없었다.

"젠장. 완전 서울에서 김 서방 찾기군."

선우의 눈에는 지나다니는 사람들이 대부분 그놈이 그놈처럼 보였다. 모두가 정장을 입었고, 머리스타일까지 비슷해 보였다.

툭!

"죄송합니다."

이리저리 사방을 둘러보고 있을 때, 선우와 한 사내가 부딪혔고, 사내는 선우에게 고개 숙여 사과하였다.

"괜찮습니다."

선우도 그를 향해 고개 숙이며 말했고, 두 사람이 동시에 고개를 들었다.

그 순간 선우의 눈동자가 먼저 반응을 보였다. 의뢰인의 아들이었다.

사내는 그대로 돌아서 가던 길을 마저 갔다. 선우는 그의 뒤를 약간의 거리를 둔 채, 따라가기 시작하였다.

"젠장. 사진만 보고 찾았지만, 이름을 듣지 않고 왔네."

얼굴은 알아보았다. 하지만 그 사내를 부를 수 있는 이름을 알지 못하였다. 그건 실장과 박 팀장도 미처 생각지 못하였다.

평소에 실수란 없는 실장마저도, 신입사원에게 미래의 일을 맡기는 것을 두고 긴장한 모양이었다.

선우는 해당 인물을 시야에서 놓치지 않으려 더 가까이 따라붙었다. 너무나 많은 사람들로 인하여, 자칫 시야에서 놓치면 오늘 하루를 그냥 보내 버리게 되는 것이었다.

"여보세요?"

사내는 2번 출구에서 나와 쭉 걸었고, 곧 제자리에서 서서 전화를 받았다.

"누군데 아까부터 전화해서 쓸데없는 말을 하는 것입니까!"

그리고 그의 큰 목소리가 들렸고, 주위 사람들의 시선이 그에게 집중되었다.

"그러니까! 당신이 누군데 내 어머니라고 말하는 것입니까! 내 어머니는 오늘 아침에도 집에서 보고 나왔습니다. 제발! 이런 장난 전화를 하지 마십시오!"

화가 난 어투였다. 그리고 그의 전화 내용을 듣고, 선우는 해당 인물이 어찌 자신의 과거를 알게 되었는지 짐작할 수 있었다.

조금 전 걸려 온 전화. 그 전화 속 인물은 아마도 그의 친어머니일 것이었다.

그리고 오랜 세월이 지난 지금. 그동안 찾고 다녔던 자식을 찾았고, 해당 인물을 만나고자 계속하여 전화를 하고 있는 것이었다.

"젠장!"

전화를 끊은 다음 사내는 격한 말을 내뱉은 뒤, 다시 가던 길을 마저 걸어가기 시작하였다.

그러다 곧바로 다시 제자리에 섰다. 선우도 가던 걸음을 멈춰 섰다. 그렇게 두 사람은 어느 정도 거리를 두고, 움직이지 않고 있었다.

사내는 고개를 들어 하늘을 보았다. 그리고 주위에 높게 뻗어 있는 건물들을 본 뒤, 시선을 뒤로 돌렸다.

그 순간 선우도 몸을 돌렸다. 아주 엉성한 자세로 몸을 돌려서 그 누가 보더라도 미행하고 있다는 것을 알 수 있도록 하는 몸동작이었다.

"저기요."

사내는 잠시 동안 선우를 보고 있었고, 곧 그를 불렀다. 하지만 선우는 그의 말에 대응을 하지 않은 듯, 주머니에서 전화기를 꺼내 들었다.

'전화기가 주머니에 있었다니…… 과거로 갈 때는 아무것도 주지 않더니…….'

얼떨결에 취한 행동이었다. 그리고 딱 자신의 주머니에 자신이 원하던 휴대전화가 있었다.

사내는 전화를 받는 척, 행동하고 있는 선우를 보았다. 그리고 다시 몸을 돌려서 가던 길을 마저 갔다.

"사람의 뒤를 미행하는 것은 적성에 맞지 않나 보다. 이거 간 떨려서 못해 먹겠네."

선우는 전화기를 들고 통화하는 척하면서 시선을 돌려 그를 보았다. 저 마치 걸어가고 있는 그를 보며, 다시 뒤를 따라 움직이기 시작하였다.

여전히 전화기를 들고, 통화하고 있는 것 마냥 행동하였다.

약 5분 정도를 더 걸어간 사내가 왼쪽으로 몸을 돌려 골목으로 들어섰다.

거의 15미터 정도 뒤에 서서 미행하던 선우의 시선에 사내가 사라지자, 선우는 전화기를 다시 주머니에 넣은 뒤, 빠르게 달려갔다.

"어디로 갔지."

골목으로 몸을 돌려서며 말했다. 차량 한 대가 지나갈 수 있는 골목이었다. 하지만 조금 전 이곳으로 몸을 돌려 들어선 사내의 모습은 보이지 않았다.

선우는 점차 빠르게 걸으며 좌우를 살폈다. 골목이지만, 이 골목은 좌우 측으로 높은 건물을 두고 있는 골목이었다.

사내가 어느 건물로 들어섰는지 알 수 없기에, 골목 한복판에 서서 건물들 안을 이리저리 둘러보고만 있었다.

"누군데 나의 뒤를 쫓는 것입니까?"

"······!"

건물 로비를 하나씩 보며 천천히 걷던 중 사내의 목소리가 들렸고, 선우는 도둑질하다 들킨 사람처럼 화들짝 놀라며 그를 보았다.

"나의 친 어머니라 강조하는 그 사람이 보낸 사람입니까?"

사내는 선우를 잡아먹을 듯, 매서운 눈빛을 한 채 그의 곁으로 한 발 더 다가서며 물었다.

"무······ 무슨 말씀인지 모르겠군요. 난 그저······ 당신을 어디선가 본 듯하여, 혹시나 내가 아는 사람인가 해서 따라온 것뿐입니다."

선우는 당장이라도 눈을 파먹을 듯, 노려보는 그에게 거짓을 말했다. 그리고 사내는 선우를 빤히 보았다.

"하긴······ 당신 같은 허술한 사람이 누구의 뒤를 쫓고 그러지는 못하겠지. 난······ 당신을 알지 못합니다. 즉,

당신과 친분이 없다는 것이니, 혹여 당신이 날 알아도 우린 서로 모르는 사이입니다. 그러니 그만 가던 길이나 가십시오."

사내는 선우를 여전히 매서운 눈빛으로 보며 말하였고, 주위를 살핀 뒤, 곧바로 자신이 가고자 하였던 길을 따라갔다.

"간 떨리네. 내가 무슨 죄를 지은 것도 아닌데, 왜 이리 떨리는 거야. 그러고 보니 죄를 짓는 놈들의 심장은 진정 강심장이겠군. 그저 미행 같지 않은 미행을 하는데도 이리 떨리는데, 그들은 아무렇지 않게 남의 돈을 떼먹고, 죽이고 하니……."

선우는 쿵쾅 쿵쾅 뛰고 있는 심장을 부여잡으며 홀로 중얼거렸다.

그리고 우려하였던 일처럼, 보기 좋게 사내를 시야에서 놓치고 말았다.

"하루를 그냥 보내겠군."

또다시 사내의 뒤를 미행하는 것은 어려웠다. 이미 얼굴도 다 알려졌고, 자신을 미행하고 있다는 것도 발각되었으니, 더 이상 그의 뒤를 따를 수 없는 것에 선우는 건물 입구 계단에 걸터앉으며 중얼거렸다.

"대체! 당신들 뭐야!"

1분도 채 지나지 않은 듯하였다. 사내가 사라졌던 골목에서 다시 사내가 모습을 보이며 큰 소리로 누군가에게 말하고 있었다.

"애야…… 엄마야, 엄마……."

그리고 사내의 앞에서 한 여인이 다가서며 흐느끼는 듯한 어투로 말했다.

"그러니까! 당신이 어째서 내 어머니가 되는지 증명을 하란 말입니다! 이렇게 무작정 한 달 동안 전화하며 따라붙는 것보다 그 방법이 더 빠르지 않겠습니까!"

'한 달. 그럼 이미 한 달 전부터 이 여자가 자신이 엄마라 말하고 다닌 모양이군. 저 여자의 말이 진실이라면 저 여자가 진정 엄마가 맞을 것이고, 그것이 아니라면…… 그럼 뭐지? 왜 엄마라면서 따라다니고 있는 걸까.'

선우는 그저 눈앞에서 펼쳐지고 있는 광경을 멍하니 보고며, 홀로 생각하였다.

"네 이름은 박병철이다. 내 아들이고, 지금으로부터 22년 전 어린이 공원에서 널 잃었다. 그때부터 전국을 찾아다니면서……."

"그러니까! 그 증거를 가져오란 말입니다. 매일같이 그런 말만으로 내 어머니라 강조만 하지 말고 말이에요!"

더 이상 참지 못한 듯 사내는 여인에게 큰 소리로 말하

아빠는 신입 사원

였고, 곧 여인을 부축해 주었던, 두 사내 중, 한 사내의 독한 눈빛이 사내에게 집중되었다.

"그만……. 내 뒤로 서거라."

그의 날카로운 눈빛을 본 여인은 몸을 곧바로 세우며 사내에게 말했고, 사내는 두말없이 고개 숙인 뒤 그녀의 뒤로 물러났다.

선우가 찾던 사내는 그녀의 고함소리에도 여전히 뒤로 더 물러나지 않고, 자신을 향해 눈물 맺힌 눈동자로 보고 있는 여인을 향해 보았다. 그리고 그 순간 여인은 그 자리에서 쓰러졌다.

"사모님! 사모님!"

그녀가 쓰러지자, 그녀의 양옆에 서 있던 사내 두 명이 재빨리 다가서며 그녀를 불렀지만, 들려오는 답변은 없었다.

"대체 나에게 무슨 짓을 하려는지 모르지만, 그런 쇼로는 힘들 것입니다. 계속해서 이런 장난을 친다면, 나도 참지 않고 경찰에 신고하겠습니다."

사내는 자신 앞에 쓰러진 여인을 보고서도 그녀를 걱정하는 말은 전혀 없었다. 오히려 더 독한 목소리로 말한 뒤, 쓰러진 여인을 지나쳐 다시 걷기 시작하였다.

그리고 선우는 그의 뒤를 따를 것인지, 쓰러진 여인에게 영문을 물을 것인지를 두고 망설이고 있었다.

"저놈이 당신 아들이 맞긴 맞습니까!"

결국 사내의 뒤를 따르는 것을 포기하고, 여인의 곁에서 자초지종을 듣기로 하였다.

갑작스러운 선우의 질문에 두 사내의 부축을 받고 몸을 일으킨 여인이 그를 보았다. 그리고 두 사내의 시선도 선우에게 집중되었다.

"누구십니까?"

여인은 힘없는 목소리로 물었다.

"그건 내가 물었던 질문에 대한 답을 들은 후, 답변 드리도록 하겠습니다."

여인은 선우를 빤히 보았다. 아무런 연관이 없다면, 이런 질문 자체를 하지 않을 것이라 여겼다.

"내 아들입니다."

"그러니까. 아까 저 사람도 수차례 말했듯이, 그 아들이라는 증거를 보이면 되지 않겠습니까?"

선우도 같은 말을 하였다. 하지만 여인은 그 증거란 것을 확보하지 못했는지, 선뜻 답을 주지 못하고 있었다.

"몇 번이고 아들 앞에서 그 증거를 보이고 싶었습니다. 하지만 할 수 없었습니다."

"왜죠?"

여인은 사내의 부축을 받으며 한쪽으로 이동하였다. 그리고 건물 외벽에 몸을 기대며 말했고, 선우는 그녀를 보며 다시 물었다.

"죄를 지었습니다. 아들을 잃어버린 죄. 그 죄를 씻기
위해서 어떤 결정을 내려야 할지 고민하였습니다."

"……."

선우는 천천히 걸어 그녀의 옆으로 섰다. 그러자 그녀
의 경호원으로 보였던 두 사내가 선우의 곁으로 다가서려
하였다.

"물러나라."

그러자 여인이 나지막한 목소리로 말했고, 그 즉시 두
사내는 아무런 말없이 선우의 곁에서 멀어지고 있었다.

"자식이 있습니까?"

갑작스런 질문이었다.

"네, 두 아들이 있습니다."

"언제나 곁에 두고 볼 수 있어 행복하시겠습니다. 하지
만…… 난 그 보물을 잃어버렸습니다. 그것도 22년 전에
아주 귀한 보물을 실수로 잃어버렸습니다. 아이를 찾고자
22년 동안 전국을 돌아다녔습니다. 그리고 찾았습니다.
그렇게 찾고자 하였던 아들을 찾았습니다. 하지만…… 그
아이는 행복해 보였습니다."

그녀의 목소리는 젖어 있었다. 눈물을 머금고 있는 목
소리였지만, 소리 내 울지도 못하는 듯하였다.

"아이에게 엄마라는 증거를 내세울 수 없다면, 애초에

행복해 보이는 아이의 곁에 다가서지 말았어야 합니다. 지금처럼 엄마라고 말하고서는 그 이상 다가서지도 못하고 있으면서, 왜 그런 결정을 한 것입니까."

선우의 말이 맞는 말이었다. 사내의 말처럼 이미 한 달 전부터 여인은 사내에게 자신이 어머니라 말하고 다녔다.

하지만 죄를 지은 듯 하여 어머니란 증거를 내세울 수 없다고만 하였다. 그것이 오히려 더 큰 죄를 짓고 있다는 것을 여인은 모르고 있었다.

"지금부터라도 22년 전 잃어버렸던 아이에게 아픔을 주고 싶지 않다면, 더 이상 다가서지 마십시오. 행복하게 보인다고 하였습니다. 그렇다면 그 행복함을 오랫동안 간직하도록 아이의 앞에 나서지 않는 것이 현명한 결정이라 생각합니다."

선우는 자신의 생각을 여인에게 말했다. 그러자 여인은 이내 또다시 그 자리에 주저앉으며 애써 참고 있던 눈물을 쏟으며, 소리 내어 물었다.

지나가는 많은 사람들이 보았다. 대낮에 여인이 울고 있고, 그녀의 주위에 있는 경호원이 마치 양아치처럼 보이고 있었다.

"이거…… 지금 이 모습이 좋지 않습니다. 자칫 서로에게 불편한 일을 만들 수 있으니, 자리를 옮기시죠."

선우는 주위의 시선을 곧바로 감지하였다. 이미 분위기

상으로 봐도, 한 여인을 협박하고 있는 세 남자로밖에 보이지 않았다.

"당신은 누구신데, 이 일에 관여하려는 것입니까?"

여인이 애초에 물었던 질문을 다시 하였다. 그러자 선우는 그녀의 말속에 나왔던 관여라는 말에 잠시 혼동이 오고 있었다.

지금 이 모든 것이 임무 외에 또 다른 일에 관여하는 것인지, 아니면 임무와 연관이 있는 것인지를 두고, 고민하고 있는 것이었다.

"당신에게는 아무런 관심 없습니다. 하지만 조금 전 당신이 아들이라고 매번 말했던 그 사내에게는 볼일이 있습니다."

선우는 결국 임무 외에 다른 일에는 관여하지 않을 것을 말했다. 이 여인이 진정 해당 인물의 어머니라 하여도, 이건 임무 내용에 없던 일이었기에, 선택을 그리한 것이었다.

"아무튼. 아이에게 어머니라는 확신을 줄 용기가 없다면, 더 이상 다가서지 마십시오. 그것이 잃어버린 아들에게 아픔을 주지 않는 유일한 방법입니다."

선우는 그녀에게 말한 뒤, 다시 사내를 찾기 위하여 사내가 움직였던 방향으로 급히 움직였다.

"사모님."

선우가 그곳을 벗어나자 여인은 힘겹게 몸을 일으켰고, 곧 그녀의 경호원이 다가서며 부축한 뒤 그녀를 불렀다.

"그만 가자. 그리고 조금 전 저 사내에 대해 알아봐라. 왜 병철이를 쫓고 있는지도 알아보고, 어디서 무엇하는 놈인지도 알아봐라."

"네, 사모님."

여인은 두 사내의 부축을 받으며 말했고, 곧바로 대형 세단이 그녀의 앞으로 와 정차하였다. 그리고 두 사내의 도움으로 차에 오른 뒤, 차량은 그 즉시 그곳을 벗어났다.

하지만 두 사내는 그 자리에 그대로 있었다.

"난 병철 도련님을 찾을 테니, 넌 조금 전 그놈을 잡아 족쳐라."

"알겠습니다."

두 사내가 현장에 남은 이유였다. 덩치가 조금 더 큰 사내는 여인의 아들인 박병철을 찾기 위하여 움직였고, 또 다른 사내는 선우를 찾기 위하여 급히 움직였다.

"어이. 형씨."

그리고 선우를 찾기 위하여 움직였던 사내는 그리 오랜 시간이 걸리지 않은 시점에 선우를 찾았고, 그의 뒤에서 선우를 불러 세웠다.

"무슨 일입니까?"

선우는 여인과 함께 있던 사내가 자신을 부르자, 의아

한 듯한 눈빛을 한 채 물었다.

"왜 우리 도련님의 뒤를 캐고 다니는지는 모르겠는데, 그건 엄연한 불법이야. 그리고…… 감히 사모님 앞에서 설교를 해? 네가 아주 죽고 싶어 환장했지?"

사내는 선우의 곁으로 천천히 다가서며 말했다. 인상은 아주 험하게 찌푸리며 침을 뱉고 있었고, 그의 모습에 선우는 몸을 조금씩 뒤로 빠르게 움직이며, 그곳을 벗어나려 하였다.

"할 말이 있다면 말을 하십시오. 이런 협박적이 분위기를 조성한다면 그것 또한 불법입니다."

선우는 마흔의 나이다. 그리고 사내는 고작 해 봐야 20대 중반 정도 되어 보였다.

즉, 힘이나 기타 몸을 부딪치는 것에는 절대 이겨 낼 수 없다고 여겨 그 자리를 빠르게 벗어나기 시작하였다.

사내는 자신을 피해, 빠르게 도망치는 이선우의 뒤를 쫓기 시작하였다. 하지만 진정 마흔의 나이라 믿을 수 없을 정도의 빠른 움직임이었다.

"저 새끼 대체 뭐야……."

선우의 뒤를 쫓던 사내는 불과 1분도 지나지 않은 상태에서 선우를 시야에서 놓치고 말았다.

가픈 숨을 내쉬며 격한 말을 내뱉은 후, 골목 한쪽으로 움직여 몸을 앉혔다.

"더 이상 따라오지 않는 건가……."

선우는 뒤도 돌아보지 않고 달렸다. 그리고 뒤를 돌아보자 사내가 보이지 않았다. 제자리에 멈추고, 주위를 다시 둘러본 후 중얼거렸다.

"그나저나 내가 더 놀랐네. 뜀박질이라고는 학교 졸업하고 뛰어 본 적이 없는데, 아직도 이리 생생하다니."

약 1km를 쉬지 않고 달린 듯하였다. 하지만 거친 숨소리도 없었고, 몸도 지치지 않은 듯하였다.

"병철 도련님! 제 말을 들어 보십시오!"

자신의 체력에 스스로 감탄하고 있을 때, 다음 블록의 골목에서 또 다른 사내의 목소리가 들렸고, 그곳으로 시선을 돌리자 박병철이 보였다.

"멀리 가지도 못하고 잡힌 모양이군."

선우는 박병철의 곁으로 걷기 시작하였다. 그리고 박병철은 자신을 향해 다가서는 덩치 큰 사내를 보면서, 다시 시선을 돌려 역시 자신에게 다가서고 있는 선우를 보았다.

"이쪽으로……."

선우는 그의 불안한 듯 해 보이는 눈을 보면서 들리지 않을 작은 목소리로 말했고, 그의 목소리는 들리지 않았지만, 입모양과 손짓을 본 박병철은 다시 시선을 덩치 큰 사내에게 돌린 뒤 이내 빠르게 선우의 곁으로 뛰기 시작하였다.

그 순간 선우가 골목 한쪽 모퉁이로 몸을 숨기자 박병철의 뒤를 따라 덩치 큰 사내가 빠르게 쫓기 시작하였다.

곧 박병철이 몸을 순긴 선우의 앞을 지나쳐 갔고, 그의 뒤를 쫓는 사내의 모습이 보일 때 선우는 빠르게 몸을 던져 그를 안은 뒤로 넘어졌다.

"당사자가 아니라고 말하면서 싫다고 하는데, 너무 집요한 것 아닙니까?"

선우는 먼저 몸을 일으키며 말했다. 곧 덩치 큰 사내도 천천히 몸을 일으켜 세우며, 선우를 보았다.

그리고 박병철은 두 사람과 약 50미터 정도 거리를 두고 서서 보고만 있었다.

"무엇하는 놈인지는 모르지만, 이 일에 관여하지 마라. 이건 집안 문제며……."

"그러니까. 그 집안 문제라는 것이 그쪽에서만 내세우는 것 아닙니까? 저 당사자가 아니라고 하는데, 왜 계속 나서서 힘들게 하냐 말입니다."

선우는 자신보다 몸 하나는 더 있을 법한 큰 덩치를 가진 사내에게 전혀 주눅 들지 않은 어투로 말했다.

"나이보다 꽤 날쌘데. 어디서 운동 좀 하고 사시나 봅니다."

덩치 큰 사내에게 시선을 집중하고 있을 때, 골목의 한

편에서 선우의 뒤를 쫓았던 사내가 모습을 보이며 말했다.

"젊은 놈이 그리 약해서 어따 쓰겠냐. 그런 약골로 애인하고 뜨거운 밤을 보낼 수나 있겠어?"

선우는 두 사람을 도발하고 있었다. 자신의 신체적 변화가 있다는 것은 알지만, 그런다고 아직 제대로 된 테스트도 받지 않은 몸 상태에 너무 자신만만한 그였다.

"경찰에 신고해야 하는 것 아니야?"

비록 넓지 않은 골목이지만, 이 일대는 모두 고층 건물로 이루어져 있다. 그만큼 회사원들이 많은 곳이며, 지나다니는 사람들도 꽤 있는 편이었다.

선우를 앞에 두고 서 있는 두 사내의 모습은 진정 건달과도 같기에, 지나다니는 사람들은 선우의 편에 서서 말하고 있는 것이었다.

"경찰이 오면…… 누가 더 손해 볼까?"

선우는 주변 사람들의 말을 들은 후, 더 자신에 찬 음성으로 말했다. 그러자 두 사내의 표정은 일그러졌다.

이미 주위에 있는 사람들이 자신들을 고운 시선으로 보고 있지 않다는 것을 알 수 있었다.

"경찰에 연락했습니다."

곧 박병철이 선우의 뒤로 서며 말했다. 조금 전까지 선우에게 적대심을 보이던 그였지만, 지금은 자신을 도우고 있다는 것으로 느껴, 곁으로 스스로 다가선 것이었다.

"그럼. 기다리면 되겠네요. 마침 사람들도 많으니, 저 놈들이 무력을 행사할 리 없고, 그냥 기다리시죠."

박병철의 말에 선우는 그 자리에서 짝다리를 짚은 채 섰고, 그의 약간 뒤로 박병철이 서서 두 사내를 보고 있었다.

"일단…… 물러나지."

덩치 큰 사내가 말했다. 모든 것이 합법적인 것이라면, 굳이 경찰이 온다고 해도 물러날 필요가 없는 것이었다. 하지만 그들은 스스로 물러났고, 선우는 물러나지 않은 채 가만히 서 있었다.

박병철은 선우를 보았다. 자신이 경찰을 불렀다고 말했을 당시 긴장하였던 두 사내와는 달리, 선우는 오히려 그 말을 반기는 듯하였다. 그리하여 선우는 자신에게 해로운 인물이 아닐 수도 있다고 여기고 있는 박병철이었다.

"경찰은 언제 옵니까?"

두 사내가 물러난 후, 약 5분의 시간이 더 지났지만, 그 어디에도 경찰이 오지 않아 이선우가 물었다.

"경찰은 오지 않습니다."

"네? 그럼……."

"거짓말을 한 것입니다."

"왜…… 그런 거짓말을……."

"일종의 확인이라고 해 두죠. 저 두 사람은 경찰이라는 말에 당황했지만, 당신은 오히려 그 말을 반기는 듯한 어투였습니다. 즉, 경찰이 와도 당신은 당당하지만, 저들은 당당하지 않다는 결론이지요."

비록 거짓말이었지만, 참 적절한 처사라 여겨졌다.

임무 시작 후 당사자를 만났고, 자칫 어려운 상황이 전개될 뻔하였지만, 그래도 오늘 하루를 그냥 보내기 전 당사자와 서로 조금이나마 믿음을 주는 사이가 되었다는 것은 아주 큰 효과라 여겼다.

"자리를 옮길까요?"

선우의 말이 아니었다. 박병철이 먼저 선우에게 말을 건넸다.

선우는 자신이 하고픈 말을 먼저 뱉은 그를 보며 미소를 지었다. 그리고 두 사람은 인근 커피숍으로 향하였다.

지난 첫 번째 임무 때와는 달리 모든 환경이 익숙하였다. 주막에서 탁주를 마시는 분위기가 아닌, 화려한 인테리어에 직장 다닐 때 거래처 사람들을 자주 만나던 커피숍의 분위기라 긴장은 되지 않았다.

두 사람은 안쪽 구석 자리로 이동하여 앉은 후, 시원한 냉커피를 주문하였다.

"처음…… 나에게 안면이 있는 사람이라 하였습니다. 그 말이 진실입니까?"

"진실일 수도 있고, 아닐 수도 있습니다."

"그 말의 뜻이 무엇입니까?"

"사실, 안면이 있다는 말은 진실입니다. 하지만 불과 두어 시간 전에 사진으로 당신을 보았습니다."

몇 질문에 대한 답을 들은 후, 박병철의 표정이 어두워졌다. 사진으로 자신을 보았다는 것은 누군가가 자신의 사진을 보여 주었다는 뜻이기 때문이었다.

"역시…… 조금 전 그 여인의 부탁으로……."

"그건 아닙니다. 그 여인은 오늘 처음 보았습니다. 그리고 당신과의 관계도 모릅니다. 난…… 단지 당신에게 하고픈 말이 있어 찾은 것뿐입니다."

박병철은 선우를 빤히 보았다. 커피숍 종업원이 시원한 냉커피를 테이블 위에 올려 두고 갔지만, 두 사람의 시선은 서로를 보고만 있었다.

"하고픈 말이 무엇입니까?"

박병철이 먼저 입을 열었다.

"그 어떤 상황이 닥쳐도…… 지금과 같은 생활을 이어 나가시라 부탁하러 왔습니다."

선우가 하고픈 말을 들은 박병철이었지만, 그 말뜻은 알 수 없었다.

지금과 같은 생활.

그 생활이 곧 변화될 수도 있다는 것을 암시하는 말이라는 것은 알 수 있었다. 하지만 왜 모르는 사람이 자신에게 그런 말을 하는지 알 수 없었다.

"역시…… 그 여인과 관련이 있는 모양이군요."

박병철은 냉커피를 들어 마시며 말했다.

"뭐. 이래저래 상황을 보니, 관련이 없다고는 할 수 없습니다. 조금 전 그 여인과 몇 대화를 나누었습니다. 당신의 친어머니라 확신하더군요. 그리고 죄를 지었다고 하였습니다. 당신을 잃어버린 죄. 그 죄로 인하여 당신 앞에 당당히 설 수 없다 하였습니다."

선우는 그 여인과 나눈 대화를 거짓 없이 말해 주었다. 결코 이 말이 자신의 임무에 도움이 되지 않을 수도 있는 말이었다. 여인이 박병철에게 전하고 싶은 말을 대신 전해 준 것밖에 되지 않기 때문이었다.

"자식을 잃어버린 죄…… 그 죄로 인하여 당당히 앞에 설 수 없다? 참, 대단하군요."

박병철의 목소리 톤이 바뀌었다. 조금은 날카롭게 변한 듯한 억양이었다.

"당신이 누군지 모르며, 왜 나에게 이런 부탁을 하는지 모르지만, 지금 내 심정을 말해 드릴까요?"

선우는 커피 한 모금을 마시다 말고, 침을 꿀꺽 삼키고 있었다.

"사실 내가 현재 부모님의 친자식이 아니라는 것은 이미 오래전 알고 있었습니다. 군대 입대 전 신체검사 당시,

나의 혈액형은 B형으로 나왔습니다. 하지만 현재 부모님의 혈액형은 두 분 모두 O형, 즉…… 친자가 아니라는 것은 쉽게 알 수 있는 것이지요.”

이 내용은 미처 알지 못하고 있는 내용이었다. 의뢰인이 이와 같은 사실을 알리지 않았기 때문이었다.

“하지만 너무 감사했습니다. 친자식도 아닌 나를 이토록 훌륭하게 키워 주신 것에 대해서 너무 감사했습니다.”

선우는 잠시 긴장하였던 마음이 조금은 진정되는 듯하였다. 만약 현재의 부모님에 대해 반감을 가지고 있다면, 필시 3일 후 있을 일이 그대로 진행될 것이기 때문이었다.

“그럼. 앞으로도 현재의 부모님께 효도하며 살 생각은 여전히 남아 있는 것입니까?”

“물론입니다. 저에게 있어서는 진정 부모님이니까요. 하지만 나의 친부모라 외치며 나를 찾아온 여자는 그냥 두고 볼 수 없습니다. 그 사람이…… 진정 나의 친어머니라 하여도 말입니다.”

또다시 박병철의 어투가 변하였다.

독기가 서려 있지는 않았지만, 이를 꽉 깨문 채 모든 이가 다 으스러질 정도로 내뱉은 말에는 진정 증오란 것이 함께 섞여 있는 듯 들렸다.

“앞으로 어찌하실 생각이십니까?”

무척 중요한 질문이었다. 선우는 그의 답이 궁금하였다.

물론 지금 현재의 마음과 3일 후의 마음에는 변화가 있을 것이다. 그 중간에 필시 박병철의 마음을 흔들어 놓는 일이 발생했을 것이고, 그로 인하여 박병철은 범죄를 저지르게 될 것을 알고 있었다.

"변화는 것은 없을 것입니다. 지금의 부모님께 효도할 것이며, 그들이 계속하여 전화한다고 하여도, 흔들리지 않을 것입니다."

현재 그의 심정이었다. 아직까지는 악이 받쳐 있는 박병철이 아니었다.

선우는 자리에서 먼저 일어섰다. 일단 박병철의 마음을 들었으니, 그 여인의 행동만 잘 막는다면, 3일 후에 일어날 그런 불상사는 없을 것이었다.

"제가 누군지는 차후에 말씀 드리겠습니다. 하지만 이것 하나만은 알려 드리겠습니다."

자리에서 일어난 선우는 여전히 앉아 있는 그를 내려다보며 말했고, 박병철은 고개를 들어 그를 보았다.

"당신의 마음이 확고하다면, 그 확고한 마음을 절대 접지 마십시오. 그 어떤 상황이 전개되더라도 당신에게는 부모님이 있으며, 당신의 삶이란 것도 함께 있으니 말입니다."

선우는 박병철에게 고개 숙여 인사한 뒤, 먼저 커피숍을 나섰다. 그가 나선 후 박병철은 그의 뒷모습을 보았다.

아무리 기억을 떠올려도 그를 만난 적이 없는 박병철이었다. 하지만 갑자기 자신 앞에 나타나, 현재 자신의 심정은 물론, 일어나고 있는 일까지 다 말하는 선우를 이상하게 느끼고 있었다.

"문제는 박병철 씨가 아니군. 바로 그 여인이 문제였어. 박병철을 막아야 하지만, 그전에 그 여인을 막는 것이 우선이긴 한데……. 문제는 관여다. 만약 그 여인이 이번 임무와 연관성이 없는 인물이라면, 난 또다시 임무 중 일어나는 그 외적인 일에 관여하게 된다."

커피숍을 나온 선우는 잠시 갈등하고 있었다. 이대로 박병철의 옆에 붙어 그를 경계하는 것이 옳은지, 아니면 이 모든 발단을 제공할 여인을 막는지에 대해 갈등하고 있었다.

"그래서? 그냥 돌아왔다?"

"죄송합니다. 사모님."

한편. 박병철의 기지에 의해 물러날 수밖에 없었던 두 사내는 곧바로 여인에게로 돌아가 보고하였다.

여인은 날카로운 눈매로 두 사내를 노려보며 물었고, 사내들은 고개를 들지 못한 채, 답하고 있었다.

"내 아들이 확실하지만, 내 멋대로 할 수 없는 시점이군. 그보다…… 그놈에 대해서는 알아보았나?"

여인은 머리를 어루만지며 말한 뒤, 다시 선우에 관한 물음을 하였다.

"네. 이름은 이선우로, 올해 나이가 마흔 살입니다."

"그놈의 호구조사가 필요한 것이 아니다. 그놈이 어째서 병철이와 연관 있는지를 알아보란 말이야!"

여인은 자신이 원하는 답을 주지 않은 그들에게 언성을 높이며 소리쳤다.

"알아보긴 하였는데……. 별다른 연관성이 없습니다. 도련님과 그가 만난 적도 없으며, 무엇보다 나이 마흔에 회사에서 해직당해, 현재 실업자로 있는 놈입니다."

"실업자? 가족 관계는?"

호구조사를 원한 것이 아니라 말한 지, 불과 1분도 지나지 않은 상태였다. 그렇지만 사내의 말을 들은 후, 여인은 이선우의 가족 관계를 물었다.

"아내와 두 아들이 있습니다."

"그래? 실업자이며, 아내와 자식은 곁에 두고 있다? 참 대단한 놈이군. 내가 그놈을 만날 테니, 자리 좀 만들어라."

"알겠습니다."

여인은 무슨 생각을 하는지 스스로 선우를 먼저 만나고

아빠는
신입
사원

자 하였다.

띠리리리리~

박병철과 몇 대화를 나눈 후, 삼성역 일대에 우두커니 앉아 있던 선우의 전화벨이 울렸다.

"뭐야. 전화벨이 울리네."

선우는 의아한 듯, 전화기를 멍하니 보며 중얼거렸다. 그의 말처럼 지금 선우는 현실 세계에 있는 것이 아니었다. 하루 다음 날을 살고 있기에, 그의 전화벨이 울릴 리 없었다.

"여보세요?"

그렇다고 울리고 있는 전화벨을 받지 않고, 혼자 궁금해할 필요는 없었다. 곧 통화 버튼을 눌렀다.

[이선우 씨?]

"네. 제가 이선우입니다."

정확히 자신의 이름을 말하자, 그의 눈동자가 커졌고, 선우는 약간 떨리는 음성으로 답하였다.

[조금 전, 박병철 씨로 인하여 당신과 만났던 사람입니다. 저희 사모님께서 직접 만나고파 하시는데, 시간을 만들어 주셔야 할 것 같습니다.]

선우는 그의 말을 듣고, 표정이 굳어졌다. 부탁조의 말이 아닌, 마치 명령조로 말하는 듯하였다.

"그럼 지금 보시죠, 제가 5시에는 약속이 있으니, 지금 밖에 시간이 없을 듯합니다."

하지만 아쉬운 쪽은 선우였다. 그는 그녀를 먼저 만나보고 싶어 하였다. 하지만 임무 중, 해당 시대의 일에 관여라 여길 수도 있어 선뜻 결정을 내리지 못하고 있었다. 하지만 직접 전화가 걸려 왔으니, 이 또한 이번 임무에 속한 일이라 단정할 수 있었다.

"대단한 과학이군. 하루 차이의 미래는 그냥 전화 통화도 된다는 것이잖아."

자신의 휴대전화는 현실 세계로 맞춰져 있을 것이다. 하지만 전화가 걸려 온 시기는 그 다음 날이다. 미래에서 걸려 온 전화를 받을 수 있는 아주 대단한 기술이라 여겼다.

선우는 약속 시간과 장소를 전해 들었다. 그리고 곧장 그 여인을 만나기 위하여 움직였다.

오후 3시 40분. 아직 그녀와 만나 몇 대화를 할 시간은 충분하였다.

약속장소도 인근으로 정했다. 선우는 곧장 약속장소로 향한 뒤, 먼저 도착해 있었고, 약 5분 정도가 지난 후에 대형 세단이 약속 장소로 들어서고 있었다.

"다시 보니 살벌하군요."

먼저 차에서 내린 두 사내를 보며 선우가 말했다. 조금

전까지 난투극을 벌일 상황을 전개한 터라 분위기는 더욱
더 살벌하게 느껴지고 있었다.

"걱정하지 마십시오. 이놈들은 내 명령이 있을 때까지
그 어떤 행동도 하지 않을 것입니다."

선우의 말이 있은 후, 곧바로 차량에서 여인이 내리며
말했다. 그녀의 말처럼 딱 봐도 그녀는 돈 꽤나 짊어지고
있는 여인으로 보였다.

하지만 그 돈으로 사람을 굴리는 인물이니, 사람의 중
요성은 없을 것 같은 분위기였다.

선우와 여인은 주변의 벤치에 앉았다. 작은 놀이터 안
에 있는 벤치로 살벌한 분위기를 연출하고 있는 두 사내
는 멀찌감치 떨어뜨려 놓은 상태였다.

"먼저 묻겠습니다. 당신은 왜 내 아들의 일에 참견하는
것입니까?"

생각하고 있던 물음이었다. 요즘 같은 세상에 아무런
이유 없이 타인의 사생활에 간섭하는 인간은 없을 것이었
다.

"누군가의 부탁을 받았습니다."

그리고 선우는 그녀의 질문에 거짓 없이 답했다.

"누군가의 부탁? 설마 지금 병철이를 데리고 있는 여자
가 부탁한 것입니까?"

"일종의 일이라, 그에 대한 답은 하지 않겠습니다. 의

뢰인에 대한 비밀 보장이니까요."

선우의 답을 들은 후, 여인은 실소를 지었다. 일종의 흥신소를 떠올린 것이었다.

"그곳에서 얼마를 제시하였습니까? 그 돈에 열 배를 드리지요. 우리 아들을 내 곁으로 올 수 있도록 해 주십시오."

선우는 그녀를 빤히 보았다. 그리고 생각하였다.

'젠장. 그러고 보니 이번 의뢰에 대한 수당을 듣지 못했네. 그 돈이 얼마든, 열 배면 천만 원은 그냥 넘어갈 돈인데, 아쉽긴 하군.'

선우는 돈이 궁한 사람이었다. 두 아들의 미래를 책임져야 하기에, 돈은 꼭 필수 조건이었다.

"얼마를 준다고 했는지, 말씀하십시오. 그럼 그 돈에 조건 없이 열 배를 드리겠습니다. 이제 두 아들도 점점 더 커 갈 것인데, 돈이 필요치 않겠습니까?"

"……"

선우는 그녀를 보았다. 지금까지 보았던 눈매와는 다른 눈빛으로 그녀를 보았다.

수당의 열 배를 준다는 말에 팔랑 귀가 팔랑팔랑 할 수도 있었다.

하지만 그녀의 말. 이미 자신에 대해 그 짧은 시간 안에 모든 것을 알아봤다는 뜻이었다.

"역시 돈이 좋긴 좋군요. 어째 그 짧은 시간에 얼굴만 본 저에 대해 모든 것을 알아내셨습니까?"

선우는 그녀를 노려보며 말했다. 하지만 그녀는 선우의 날카로운 시선에 아랑곳하지 않았다.

"좋습니다. 의뢰비로 1억을 받기로 하였습니다. 내가 만에 하나 당신을 도와준다면, 10억을 내놓아야 하는데, 줄 수 있습니까?"

선우는 돈 많다고 자랑하는 듯한 여인에게 한 방 먹이고자 거짓을 말했다. 그리고 그녀를 향해 비웃는 듯한 미소를 보냈고, 그녀는 잠시 동안 선우를 보고 있더니, 이내 또다시 실소를 지었다.

"고작…… 1억에 남의 사생활에 관여하여, 한 가족의 미래를 바꿔 놓을 심상이었습니까?"

'고작 1억! 대체 뭐하는 여자이기에 1억이라는 액수 앞에 고작이라는 단어를 붙이는 걸까.'

선우는 그녀의 대답에 놀라지 않을 수 없었다. 1억의 열 배는 말 그대로 10억이다. 10억이면, 충분히 이런 개고생하지 않고서도 그 모든 법적 제재를 받지 않고, 박병철을 자신의 아들로 다시 데리고 올 수 있을 정도의 편법을 사용할 수 있는 금액일 것이다.

"10억. 드리겠습니다. 그럼…… 내가 당신을 믿고 우리 병철이를 그냥 기다려도 되겠습니까?"

그저 던진 말이었다. 하지만 그 말을 이토록 쉽게 덥석 물어 버릴 것이라 여기지 않았다. 순간 당황한 듯, 선우는 그녀의 눈빛을 이리저리 피하고 있었다.

"왜? 확답을 하지 않으시는 것입니까?"

자신의 제안에 확답을 하지 않고 시선을 피하는 듯한, 선우에게 그녀가 다시 물었다.

"사람의 마음을 그리 쉽게 돌리기는 어렵습니다. 돈으로 사람의 마음을 살 수 있는 당신인지는 모르지만, 난 아직 돈으로 그 누군가의 마음을 움직이게 한 적이 없습니다."

선우는 자신이 내뱉은 말을 거둔다는 뜻의 말을 전하였다.

"돈으로 살 수 없는 것은 없습니다. 사람? 돈으로 살 수 있는 것 중에 가장 쉬운 것이지요. 생각해 보세요. 10억이라는 돈이면, 이선우 씨가 평생을 일해도 만져 보지 못할 돈입니다. 그 돈을 세금 한 푼 떼지 않고 고스란히 드리겠습니다."

여인은 자리에서 일어나며 말했다. 돈으로 무엇이든 살 수 있는 여자. 그 여자가 선우를 돈으로 사고 있는 것이었다.

"확신이 서신다면, 내일 오전 11시까지 연락 주십시오."

아빠는
신입
사원

여인은 자리에서 일어나 차량으로 이동하였고, 곧 그녀의 경호원 한 명이 다가서며 선우에게 명함을 주었다.

"SI그룹? 회장?"

명함을 받은 선우는 명함에 찍힌 사명과 그녀의 이름을 보았다.

"젠장. SI그룹이면 이 나라 경제계를 쥐락펴락하는 대기업이잖아. 그런 기업에서 뭐가 아쉬워 이따위 일을 쉬쉬하며 벌이고 있는 것이지……."

선우는 명함을 만지작거리며 말했고, 곧 그곳을 벗어나고 있는 차량을 보았다.

현실 세계에서도 SI그룹은 유명하다. 그리고 그 회사의 회장은 여인이다. 이 사실은 선우도 잘 알고 있었다. 하지만 설마 조금 전 자신 앞에서 돈 자랑을 하고 떠난 그녀가 SI그룹 회장일 것이라고는 꿈에도 생각지 못하였다.

"대한민국 1%의 생활을 즐기고 있는 인간들이 자식 때문에게 골머리를 앓고 있다? 그것도 22년 전 잃어버린 자식. 그 자식을 다시 되찾고자 하지만, 마음같이 되지 않는다? 아이러니하군. 그 정도의 자리에 앉은 인물이면, 말 몇 마디에 친자식을 되찾아오기란 쉬울 텐데……."

선우도 자리에서 일어났다. 대한민국 1%의 인간. 그런 인간도 자식 때문에 골머리를 앓고 있다. 돈이 모든 것을 다 살 수 있다고 스스로 말하고서, 자식의 마음은 사지 못한 그녀였다.

—삐~익

전자음이 울렸다. 비록 오후 시간 동안을 움직인 하루였지만, 성과가 없는 하루는 아니었다.

"수고하셨습니다."

선우는 놀이터 한쪽 구석으로 가 눈을 감았고, 곧 눈을 뜨자, 실장이 그의 앞에서 맞이하고 있었다.

"시간이 촉박했을 텐데. 뭔가 성과라도 있습니까?"

실장이 곧바로 물었다.

"이래저래 복잡하군요. 일단 회의실에서 말씀 드려도 되겠습니까?"

선우는 회의실로 향하며 말했다. 이는 단 일주일 사이에 많이 변한 선우를 보여 주고 있는 것이었다.

일주일간 박세돌에 관한 임무를 수행하며 일이 끝나고 난 뒤에는 몇 말없이 집으로 곧장 향하였다.

하지만 지금은 아니었다. 이제는 금일 있던 일에 대한 의견도 서로 나눌 정도로 바뀌었다.

"무슨…… 좋지 않은 일이라도 있습니까?"

회의실로 따라 들어온 실장이 다시 물었다.

"의뢰인의 아들의 이름은 박병철입니다. 그리고 그의 친어머니는 현재 SI그룹 회장입니다."

아빠는
신입
사원

"네? SI그룹 회장요? 설마 재계 서열 2위인 그 SI그룹을 말씀하시는 것입니까?"

실장도 그에 대한 말은 처음 들었다. 비록 의뢰인이 대부분 상황 설명을 미리 해 주지만, 이에 대한 이야기는 듣지 못한 상태였다. 여러모로 의뢰인이 많은 것을 밝히지 않은 채 일을 의뢰한 것이었다.

"네, 그 SI그룹 맞습니다. 그것도 회장. 생각해 보십시오. 그 정도의 인물이 고작 친자를 다시 데리고 오지 못해 직접 나서겠습니까? 이건 뭔가 숨겨야 할 것이 있다는 말이 되기도 합니다."

선우의 말을 곰곰이 생각하는 실장이었다. 그의 말처럼 그 정도의 사람이라면 말 한마디에 그를 데리고 올 수 있을 것이었다. 하지만 자신이 직접 나서서 해결해야 하는 그 어떤 이유가 존재하고 있다는 것이었다.

또한 박병철도 그랬다. 친어머니가 대한민국에서 힘 꽤나 있는 재벌이다. 그런 친어머니가 자신을 친자식이라 말하며, 데리고 간다고 한다면, 요즘 같은 세상에 쉽게 말해서 거부할 사람이 몇이나 있을까. 하루아침에 인생역전을 경험하는 것이다.

"좀 더 자세히 알아봐야겠습니다. 왜 그 여자가 드러내 놓고 친자를 데리고 오지 못하는지. 그리고 박병철은 왜 그녀의 곁으로 돌아가려 하지 않는지 말입니다."

오늘 하루 동안 박병철에 관한 것과, 그의 친어머니라는 여자에 관한 것을 알아보았고, 서로 안면도 익혔지만, 두 사람에 얽힌 사연을 풀지 못하였다. 그 사연을 풀어야만 이번 일을 함께 풀어 나갈 수 있는 것이었다.

"일단 오늘은 퇴근하십시오. 내일 아침. 다시 업무를 진행하도록 하겠습니다."

몇몇의 궁금증을 남기고서 하루 임무가 끝났다. 당장이라도 다시 돌아가 박병철을 만나고, 더 자세한 이야기를 듣고 싶었지만, 회사 규정상 근무 시간외 근무는 하지 않는다.

어쩔 수 없이 선우는 회사를 나와 집으로 향하였다.

"수고하셨습니다! 아빠!"

집으로 들어서자마자, 큰 아들이 달려와 꾸벅 인사하였다. 그리고 그 옆으로 막내도 함께 서며 인사하였다.

선우는 그 순간 임무 중 만났던 여인이 떠올랐다. 이런 금쪽같은 새끼들을 눈앞에서 잃어버린 그때의 심정이 어떨지, 정말 상상조차 가지 않고 있었다.

"그래. 오늘도 신나게 놀았어?"

선우는 두 아들을 꼭 안아 주며 물었다.

"얼마나 열심히 놀았는지, 땀이 범벅이 돼서 돌아왔어요."

곧 아내가 부엌에서 나오며 선우의 물음에 답하였다.

"그래? 이놈들 신나게 노는 것은 좋은데, 다치지 않고 잘 놀아야 한다. 그리고! 모르는 사람 곁에는 절대 가면 안 돼!"

"네, 아빠!"

선우의 말을 잘 알아들었는지, 그렇지 않은지 모르지만, 두 아들은 다시 고개를 꾸벅 숙이며 선우의 말에 답하였다.

"씻고 나오세요. 오늘 저녁은 제가 김밥을 좀 만들어 보았어요."

"김밥?"

"네. 내일 지민이가 학교에서 견학 간데요. 그래서 미리 연습 삼아……."

"견학?"

"네. 과천에 있는 과학관을 간다고 하는데, 도시락을 직접 준비하라는 내용이 있어서, 이렇게 연습을 해 보았어요."

선우는 지민이를 보았다. 견학이라는 말뜻을 알고 있는지, 어디로 간다는 말만 듣고 연신 싱글벙글하고 있는 녀석이었다.

"영민이도 그 다음 날 유치원에서 동물원을 간다고 하니, 이래저래 준비할 것이 많아요."

두 아들이 부모와 떨어져 견학을 갈 나이가 된 것을 보고 선우는 새삼 느낌이 새로웠다.

아내의 뱃속에서 나올 때가 엊그제 같은데, 벌써 친구들과 놀러 다니는 나이가 된 것이었다.

그동안 자신은 뭐했을까 하는 생각도 들었다. 아이들이 커 가는데, 그 기간 동안 아이에 관한 기억이 거의 없었다.

자고 있는 아이를 보고 회사를 나갔고, 자고 있는 아이를 보고, 집에 들어온 그였다.

"우리 두 아들! 친구들과 견학 가서 신나게 놀겠네."

"네, 아빠! 선생님이 말씀하셨는데, 과학관에 가면, 신기한 것이 많다고 했어요."

"그래 많지. 많이 보고 많이 배워서. 나중에 우리 지민이가 크면, 아빠에게 꼭 알려 줘."

"네, 아빠!"

선우는 지민이와 영민이를 다시 안아 주며 말했고, 곧 식탁 위에 만들어져 있는 김밥을 보았다.

"맛있겠는데."

정말 먹음직스럽게 만들어 둔 김밥이었다. 선우는 씻기 전, 김밥 하나를 집어 입에 넣고서는 오물오물 씹었다.

"와우! 우리 이참에 김밥집 하나 열까?"

"네? 농담도 참……."

선우의 말에 아내는 부끄러운 듯 수줍은 미소를 지으며 말했고, 선우는 그런 아내가 너무나 예뻐 보였다.

간단히 손발만 씻은 후, 식탁에 앉았다. 그리고 아내가 만든 김밥을 두 아들과 연신 폭풍 흡입을 하며 즐겁게 웃었다.

"여보. 만약에 자식을 잃어버리면 그 부모의 심정은 어떨까?"

아이들을 재우고 침실로 들어선 후, 침대에 누우며 아내에게 물었다.

자신의 심정은 잘 알고 있기에, 임무 중 만났던 여자의 심정은 같은 여자인 아내가 더 잘 알 것이라 여겨 물은 것이었다.

"그런 끔찍한 일은 상상도 하기 싫어요. 만약 우리 지민이와 영민이가 내 곁에서 없어진다면, 난 하루도 살지 못할 거예요."

당연한 답이었다. 자식을 잃어버리고 어찌 살아갈 수 있을까. 그 여자는 22년 동안 자식을 잃어버리고, 그 자식을 찾으며 살아왔다.

"그렇겠지……. 그리고 만약에…… 잃어버린 아이를 20년 만에 만났는데, 그 아이가 너무 행복하게 잘 자란 것을 보았어. 그때는 기분이 어떨까?"

다시 물었다. 이건 현재 SI그룹 회장의 심정을 알고자 물은 것이었다.

"20년 만에 다시 찾은 아이…… 그 20년 동안 그 부모는 제정신으로 살아오지 않았을 거예요. 아무리 아이가 행복하게 보여도, 20년 동안 볼 수 없었던 아이를 꼭 안아 보고 싶을 거예요."

그 여인은 단지 박병철을 안아 보고 싶었던 것일까? 아니라 생각이 들었다.

아이를 안아 보는 것으로 만족할 여인은 아니었다. 비록 아이가 행복한 미소를 짓고 살아가고 있어도, 다시 자신의 품으로 돌아오게 만들고 싶은 것이 부모의 심정일 것이다.

"그런데 그건 왜 물어요?"

"아니야. 회사에서 그런 일이 있어서. 오래전 자식을 잃은 부모가 자식을 찾았는데, 그동안 자식을 잃어버린 죄로 인하여 자신의 친자식인 것을 알면서도 그것을 겉으로 내세울 수가 없다고 하더군. 참 딱하기도 하고……."

아내는 선우의 얼굴을 두 손으로 감쌌다. 그리고 그의 눈을 똑바로 보았다.

"세상에 자식을 잃고 제대로 살아갈 부모는 없어요. 그 아이가 자신의 친부모 곁에 가기를 원한다면, 그 아이를 길러 준 부모는 아이를 보내야 할 거예요. 다만…… 아이를 길러 준 부모에게서 아이를 뺏어 가는 것이 아닌……

아이에게 또 한 명의 부모가 있다는 것을 강조해 줄 필요는 있겠죠."

선우는 아내를 보았다. 그리고 그녀를 안아 주었다. 선우가 얻어 내고자 하는 답일 수도 있었다.

어느 한 부모에게 돌아가는 것이 아니라, 낳아 준 부모와 길러 준 부모를 함께 둘 수도 있다는 것이었다.

선우는 다시 아내를 안아 주었고, 가벼운 키스를 해 주었다.

Episode 2

Chapter 2

다음 날.

8시에 회사에 도착한 선우는 실장과 박 팀장을 찾았다.

"무슨 일입니까?"

"의뢰인과 다시 통화할 수 있습니까?"

실장의 물음에 선우는 의뢰인과의 통화를 원했다. 어제 SI그룹 회장이 자신에게 연락을 했으니, 충분히 가능할 것이라 여겨서 물은 것이었다.

"통화는 가능합니다."

"그럼. 그 의뢰인에게 말씀 좀 전해 주십시오. 무턱대고 박병철 씨를 친부모와 만나지 못하게 할 것이 아니라, 지난 과거를 서로 속죄하며, 오히려 박병철 씨에게 용서를 구하라 전해 주시면……."

"그건 어려운 일입니다."

"네? 왜죠?"

선우는 아내에게서 얻은 답을 실장에게 말하였고, 그렇게 된다면, 의외로 일은 쉽게 풀릴 것이라 여겼다.

하지만 들려온 실장의 답변은 거절이었다.

"말씀 드렸듯이, 길을 잃은 아이를 정식적인 절차를 걸쳐 입양하여 키운 것이 아닙니다. 유괴입니다. 유괴하여 기른 자식입니다. 현재의 부모는 아이를 유괴하였고, 과거의 부모는 아이를 잃어버린 것이 아닌, 누군가에게 빼앗겼습니다."

실장의 말을 들은 후, 어제 들었던 의뢰인의 말이 다시 떠올랐다.

"비록 과거의 부모는 아이를 잃어버렸다고 여기지만, 만에 하나 유괴당한 사실을 안다면……. 가만히 있지 않을 것입니다. 무엇보다 명함을 받아서 아시겠지만, SI그룹의 회장입니다. 모든 법적 절차를 아주 쉽게 이끌고 갈 수 있는 인물입니다."

생각을 하지 못하고 있던 부분은 아니었다. 거물급 인물이 아이를 잃어버린 것이 아닌, 유괴당한 사실을 안다면, 결코 박병철의 현재 부모를 용서하지 않을 것이었다.

그로 인하여 박병철의 심적 변화가 일어난다면, 예정된

살인은 비켜 갈 수 없는 것이었다.

"그럼…… 오늘 임무 시작을 박병철이 아닌, SI그룹 회장을 만날 수 있는 가까운 곳으로 보내 주십시오. 그녀와 대화를 나누겠습니다."

실장은 그의 말을 들은 후, 고개를 끄덕거렸다. 이는 그녀를 만나는 것이 이번 임무와 별개가 아니라는 뜻이었다.

"금일 오전 9시에 SI그룹 회장이 자택을 나설 것입니다. 그 시간에 맞추어 그녀의 집 앞으로 보내 드리겠습니다."

실장은 선우의 의견을 받아 주었다.

지금 시간은 오전 8시 30분. 아직 임무 시작을 하기에는 30분이 남았다.

선우는 커피 한 잔을 들고 회의실로 들어갔다. 그리고 곧 박 팀장이 따라 들어섰다.

"뭔가. 생각하시고 계신 것이 있습니까?"

그녀가 물었다.

"박병철 씨가 이번 사건의 용의자이니, 그의 마음을 돌리는 것이 우선이지 않겠습니까?"

"그렇죠."

"그렇다면, 그보다는 그의 친부모와 양부모를 설득하여, 그에게 큰 상처를 주지 않을 방도를 마련하는 것이 더 현명한 방법이라 여겨집니다."

말은 쉬운 것이었다. 하지만 실장이 말했듯이, 유괴한 사람과 유괴당한 사람의 관계다. 결코 용서란 있을 수 없는 서로 간의 관계일 수도 있었다.

"쉽지 않을 것입니다. 사람의 마음을 돌리는 것은 그 어떤 것보다⋯⋯."

"쉽지 않다는 것은 알고 있습니다. 그렇다고 하지 않을 수 없지 않습니까? 해야죠. 해 보고 안 되면 또 다른 방법을 서둘러 찾아야 하지 않겠습니까?"

박 팀장은 선우를 보았다. 여느 신입사원과 달리 빠른 속도로 회사에 녹아들고 있는 듯 보였다.

"8시 50분입니다. 준비하시죠."

실장이 회의실 문을 열고 들어서며 말했다. 평소에는 정각 9시에 LED안에 들어서도록 하였다. 하지만 오늘은 평소보다 10분 빨리 준비하도록 하였다.

"말씀 드렸듯이, 9시 정각에 회장이 문 앞을 나섭니다. 9시에 LED에 들어서면, 자칫 만남이 어긋날 수 있습니다."

회사 규율을 어긴 것이지만, 임무 수행을 위하여 일종의 특혜를 다시 주는 것이었다.

선우는 LED 안으로 들어섰고, 그를 실장과 박 팀장이 보고 있었다.

"오늘 박병철이 어떤 행동을 하는가에 따라……. 내일 미래가 바뀔 수도 있다는 것을 명심하십시오."

LED 안에 들어선 선우에게 실장이 말했다. 선우는 고개를 끄덕거렸고, 그 즉시 눈을 감았다.

"회장님 나오십니다."

8시 58분이었다. 9시에 문을 열고 나선다는 것과 달리 2분 빨리 그녀가 문을 열고 나섰다.

"회장님."

"……."

선우는 그녀의 곁으로 다가가 불렀다. 그러자 그녀의 경호원들이 그를 보았고, 여인은 주위를 두리번거린 뒤, 곧바로 선우의 곁으로 다가섰다.

"여기가 어디라고 찾아온 것입니까? 일단 이 아래에 커피숍이 있습니다. 그곳에 가 있으세요."

여인은 굳은 표정으로 선우의 앞에선 채 말했고, 그녀가 뭔가 피해야 할 것이 있는 듯 행동하는 것에 선우도 주위를 둘러본 뒤, 그녀의 말처럼 길 끝, 아래에 위치하고 있는 커피숍으로 향하였다.

"내가 분명 어제의 일에 대한 답을 전화로 달라며 명함까지 주었는데, 이렇게 찾아오면……."

약간의 시간이 지난 후, 여인은 커피숍으로 들어서자마자, 먼저 와서 기다리고 있던 선우의 앞에 앉으며 말했다.

"급한 일이라 어쩔 수 없었습니다."

선우는 자신의 행동이 틀렸다는 것을 바로 인정하였다. 하지만 한시라도 빨리 전해 주어야 할 것 같은 말이 있기에 찾아온 것이었다.

"무슨 급한 일입니까?"

그녀는 잠시의 흥분을 가라앉히며 물었다.

"박병철 씨…… . 지난 22년 전 동물원에서 잃어버린 것입니까? 아니면…… 누군가가 고의적으로…… ."

"잃어버린 것입니다. 아무리 세상이 험해도, 그렇게 사람들이 많은 곳에서 어찌 6살 아이를 데리고 유괴할 수 있겠습니까?"

실장의 예상대로 여인은 박병철이 유괴가 아닌 실종으로 보고 있었다. 그 와중에 지금 현재의 부모가 박병철을 유괴하여 기르고 있다는 말을 전할 용기가 나지 않았다.

"그건 왜 묻습니까?"

여인은 그의 질문에 대한 의도를 물었다.

"아닙니다. 혹시나 누군가 박병철 씨를 데리고 사라진 것이라면…… . 여사님의 생각은 어떠하실까 하여 물어보았습니다."

"그걸 지금 말이라고 하는 거예요? 유괴는 엄연히 죄를 지은 것입니다. 아이를 잃어버린 내 죄보다 더 큰 죄입니다. 유괴라면…… 비록 유괴한 인간이 우리 병철이를 잘 키웠다고 하여도, 결코 용서하지 않을 것입니다."

그녀의 마음은 들었다.

용서란 없는 것이었다. 당연하였다. 그 누가 자식을 유괴한 사람을 용서할까.

하지만 그 아이를 잘 키워 준 것에 대해서 일종의 선처는 가능할 것이라 믿었다. 하지만 그런 선처는 마음속 어느 한구석에라도 있지 않았다.

"그보다…… 어제 내가 한 제안은 받아 주는 것입니까? 10억입니다. 10억이면……."

"아니요. 돈이 문제가 아닙니다. 여사님의 말처럼 10억이면 난 더 이상 이런 일을 하지 않아도 됩니다. 두 아들과 아내의 곁에서 평생 함께하며, 여행 다니고 살 수 있습니다. 거절하기 힘든 금액이죠. 하지만 돈으로 살 수 없는 것도 있습니다."

선우는 그녀의 제안을 거절하였다. 돈 10억. 요즘 같아서는 살인 빼고는 그 어떤 짓을 해서라도 받고 싶은 돈일 것이다.

"그럼 우리의 거래는 끝났습니다. 난 병철이를 내 방식대로 데리고 올 것입니다. 더 볼일 없을 것 같으니 이만 일어나겠습니다."

그녀가 자리에서 일어났다.

하지만 선우는 그녀를 잡지 않았다. 당신이 아들을 잃

어버린 것이 아니라, 누군가 당신의 아이를 데리고 간 것
이라 말하고 싶었다.

그리고 22년 동안 잘 키워 주었으니, 선처만이라도 해
주십사 부탁하고 싶었다. 하지만 그녀는 용서란 단어 자
체를 몰랐다.

그녀가 나간 뒤, 선우는 커피숍을 나섰다. 그리고 전화
기를 들었다.

"박병철……."

어제 박병철과 헤어지며, 그의 연락처를 받았다. 이미
SI그룹 회장과의 말은 끝났다. 용서가 없기에, 박병철을
잘 다독거리는 일밖에 남지 않았다.

"박병철 씨."

그는 곧바로 박병철에게 연락한 후, 그와 만날 장소를
정한 뒤, 곧바로 그곳으로 향하였다.

여전히 삼성역 인근이었다. 그의 직장이 근처인 듯 보
였다.

"여깁니다."

박병철이 먼저 약속 장소에 나와서 기다리고 있었고,
선우가 보이자 손을 들어 자신의 위치를 알렸다.

그와 만난 장소는 어제 SI그룹 회장과 만났던 놀이터였
다.

"무슨 일입니까?"

선우에게 물었다.

"어제…… 그 친어머니라 말한 여자 말입니다."

"그 여자의 말이라면 더 듣고 싶지 않습니다."

선우의 첫 마디에 그는 벤치에서 일어나며 말했다.

"SI그룹 회장입니다. 대한민국에서 두 번째로 돈이 많은 재벌입니다. 그런 집안의 자식이라는 것이 반갑지는 않은지요?"

선우는 그 여자의 신분을 말해 주었다. 그리고 박병철은 그를 보았다.

"알고 있습니다."

"네? 알고 계셨다고요?"

선우는 놀란 눈으로 그를 보았다. 대한민국 재벌 2위다. 그런 집안에서 자신을 친자라 외치는데도 돌아가지 않는 인물이 몇이나 있을까.

아마 박병철이 유일할 것이었다.

"내가 근무하는 곳이 SI그룹입니다. 그리고 그 여자는 내가 근무하는 곳의 회장입니다."

이 또한 처음 듣는 이야기였다. 이 모든 이야기를 의뢰인이 제때 잘해 주었으면, 임무 수행에 더 도움이 되었을 것이지만, 모든 내용들을 현지에서 바로 듣는 꼴이었다.

"생각에…… 재고는 없으십니까?"

선우는 다시 물었다.

"없습니다. 난 지금의 부모님께 감사하며 살고 있습니다. 아무리 돈이 많고, 훌륭한 집안이라고 하여도, 생판 처음 보는 사람들과 살 자신은 없습니다. 돈으로…… 내 행복을 대신하고 싶지 않다는 말입니다."

박병철의 생각에는 변함이 없었다. 그는 선우에게 자신의 생각을 정확히 말한 후, 다시 회사로 들어갔고, 선우는 홀로 벤치에 앉아 있었다.

오전에 두 사람을 만나, 좋은 결론을 얻었다면 정말 일은 쉽게 풀려나갈 것이라 여겼다.

하지만 보기 좋게 두 사람 모두 선우의 생각에는 거절 의사를 보였다.

"난감하군. 어디서부터 다시 시작해야 할까."

이선우는 자리에서 일어났다. 높게 뻗은 고층 빌딩들을 보며 중얼거렸다.

띠리리리리.

그 순간 전화벨이 울렸다. SI그룹 회장이었다.

"네."

[지금 우리 병철이를 만나셨나요?]

그녀가 보고 있었다는 뜻이었다.

"네. 만났습니다."

[무슨 말을 하던가요?]

"사실 그대로를 말씀 드리면, 돈이고 뭐고, 지금 자신의 행복과는 바꿀 의사가 없다고 확고한 답을 주고 갔습니다."

[그래요? 그럼 할 수 없겠군요.]

"무슨…… 뜻입니까?"

선우는 그녀의 마지막 말에서 뭔가 변화된 움직임을 보일 것을 암시한 그녀였기에 말을 더듬거리며 물었다.

[오늘 오전. 당신이 나에게 물었던 질문 중에, 내가 우리 병철이를 잃어버린 것이 아니라, 누군가 병철이를 데리고 간 것이라면…… 이라는 물음이 있었습니다.]

"네."

[그 물음에 대한 의도를 생각해 보았는데, 답이 이제야 떠올랐습니다. 당신은 우리 병철이가 누군가에게 유괴되어 지금까지 길러진 것을 알고 있는 사람입니다. 맞습니까?]

선우는 선뜻 답을 하지 않았다. 그 하나의 질문에 의해 이런 답을 낼 것이라고는 미처 생각지 못했기 때문이었다.

[왜 말이 없으신가요? 당신이! 어째서 내 아들이 유괴당한 것을 알고 있느냔 말이야!]

그녀의 목소리가 변했다. 소리치며 선우를 잡아먹을 듯하였다.

그리고 그 순간. 놀이터에 여인의 경호원이었던 사내들이 보였다. 선우는 그들을 보며 뒷걸음치기 시작하였고,

이내 빠르게 놀이터를 벗어나기 시작하였다.

"젠장⋯⋯. 뭔 움직임이 저리 빨라⋯⋯."

이미 어제 겪었던 일이었다. 선우를 잡기 위하여 놀이터 안으로 들어섰지만, 선우는 아주 빠르게 그들의 시야에서 사라져 가고 있었다.

[내가 지금⋯⋯ 병철이에게 이 사실을 말할 것입니다. 그리고 지금까지 자신을 사랑하며 길러 준 부모가 어떤 사람인지도 다 말할 것입니다.]

뚜~우, 뚜~우.

"여보세요! 여보세요!"

경호원을 피해 도망가고 있던 중에도, 그녀와의 통화는 끊지 않았다, 그리고 그녀가 어떤 행동을 할 것인지를 들었고, 그 즉시 전화는 끊어졌다.

선우는 제자리에 서서 연신 소리쳤지만, 이미 전화는 끊어졌다

"젠장. 숨겨진 사실을 박병철이 안다면, 어떤 결론이 나올지는 빤하군."

선우는 다시 전화기를 들었다. 그리고 박병철에게 연락하였다.

—지금은 고객님이 통화 중입니다.

"젠장."

박병철의 전화기는 통화 중이었다. 벌써 그 여인이 그

에게 전화를 한 것이었다.

'어찌할까……. 어찌할까…….'

선우는 제자리에서 안절부절못하였다. 이미 박병철의 양부모에 대한 내용을 모두 전해 들었다면, 박병철은 지금 자신을 길러 준 부모를 용서치 않을 수 있을 것이다.

선우의 마음은 더 초조해지고 있었다. 통화도 되지 않으며, 뭐라 말을 전할 사람도 없었다.

"그래, 의뢰인."

그 순간 의뢰인이 떠올랐다. 그녀가 자신을 알아보지 못할 것이지만, 기다리고 있을 수 없었다. 그는 실장에게서 받은 의뢰인의 연락처를 전화를 걸었다.

[네.]

"안녕하십니까? 혹시 박병철 씨 어머니 되십니까?"

[박병철요? 전화 잘못하신 듯합니다.]

분명 전화 번호가 맞았다. 하지만 잘못된 전화라 하였다. 선우는 또다시 전화를 걸었지만, 역시 같은 대답이었다.

"젠장. 어찌 된 거야."

실장이 전화번호를 잘못 알려 줄 리 없었다. 필시 맞는 전화 번호지만, 박병철의 어머니가 아니었다.

"그래……. 박병철이란 이름은 그의 본명이다. 어릴 적 이름. 지금 그의 이름은 박병철이 아니지."

그제야 떠올랐다. 박병철이란 이름은 SI그룹 회장이 부르는 그의 본명이었다. 하지만 그를 유괴한 부모는 그에게 다른 이름을 지어 주었을 것이었다.

선우는 기억을 더듬거렸다. 그가 SI그룹에 근무하고 있다고 말하였을 때, 그의 목에 걸린 사원증을 떠올렸다.

"지상호······."

계속하여 떠올리며, 또 떠올리자, 사원증에 새겨진 그의 이름이 눈앞에 보였다.

선우는 다시 의뢰인에게 전화하였다.

[여보세요! 대체 아니라는데······.]

"제가 착각한 모양입니다. 지상호 씨 어머니 맞으시죠?"

["네. 아, 네. 맞습니다.]

선우는 한숨을 쉬었다. 지상호란 이름으로 바뀐 박병철을 그때라도 떠올린 것을 다행으로 여겼다.

[누구시죠?]

그녀가 물었다.

"네. 다름이 아니라, 지금······ 지상호 씨의 친부모가 지상호를 찾고자 만남을 주선하였습니다. 그리고······."

[무슨 말씀이세요! 우리 아들인데 친부모는 또 무엇입니까!]

선우의 말이 끝나기도 전에 그녀의 흥분된 목소리가 전

화기 건너편에서 들려왔다.

"들어 보세요."

흥분한 그녀에게 선우는 나지막한 목소리로 말했다.

"22년 전. 서울의 한 동물원. 그때…… 기억하십니까?"

선우의 말에 조금 전까지 목청을 높이며 소리치던 그녀의 목소리는 들리지 않고, 거친 숨소리만이 들려오고 있었다.

[누구…… 시죠?]

그리고 떨리는 목소리로 물었다.

"사실 믿기 힘들겠지만, 당신이 내일…… 나에게 자식을 구해 달라는 부탁을 할 것입니다."

그녀는 여전히 거친 숨소리만을 내보내고 있었다. 도저히 믿을 수 없는 말이지만, 22년 전의 일을 말하는 그의 전화를 끊을 수 없었다.

[내가…… 내일 당신에게 내 아들을 구해 달라고 말한다고요?]

"네."

[당신 미쳤어! 어디서 그런 말을 하는 거야! 그리고 우리 상호는 내 자식이야, 유괴는…….]

"난 당신에게 지상호 씨를 유괴하였다는 말을 한 적이 없습니다."

[……!]

선우가 의도하려는 것은 아니었다. 하지만 그녀는 스스로 흥분하여 자신의 과거를 말해 버린 것이었다. 그리고 선우의 말에 그녀는 놀란 눈을 한 채, 가만히 전화기를 들고만 있었다.

"하지만 그것이 문제가 아닙니다. 지금 지상호 씨는 과거의 모든 사실을 자신의 친부모에게 듣고, 넘지 말아야 할 선을 넘으려 합니다. 그것을 막아야 하는 것입니다."

관여고 뭐고 지금은 상관할 처지가 아니었다. 하루 다음 날의 미래지만, 지금 통화하고 있는 순간은 현재다. 그녀가 내일의 일을 알지 못하지만, 그녀에게 내일 있을 일을 모두 말하였다.

[우리…… 상호가…… 무슨 사고라도…….]

"내일입니다. 당신이 우리에게 아들을 구해 달라고 부탁하는 그 시간. 내일입니다. 그리고 내일…… 지상호 씨는 한 아이를 유괴하여 살해합니다."

[당치도 않는 말입니다! 그렇게 착한 아이가 유괴라니요!]

선우의 말에 그녀는 다시 소리쳤다.

"당신은! 못된 사람이라 아이를 유괴하였습니까!"

결국 선우의 목청도 높아졌다. 그의 말을 들은 그녀는 놀란 눈과 떨리는 손을 주체하지 못하고 숨이 멈춰 버리는 듯 가만히 있었다.

"시간이 없습니다. 지상호 씨를 어떡하든 만나십시오. 그리고 그가 죄 없는 어린 아이의 생명을 빼앗기 전에, 당신의 죄를 스스로 밝히고 용서를 구하십시오."

방법이 없었다. 선우가 뭔가 할 수 있는 일이 없었다. 그리고 찾아낸 방법이 의뢰인을 이용하는 것이었다. 이 모든 것의 발단이 그녀. 그녀가 만든 일이니, 그녀가 마무리를 짓게 하려는 것이었다.

띠리리리리~

의뢰인과 통화를 끝낸 후, 곧바로 선우의 전화벨이 울렸다.

SI그룹 회장이었다.

"네."

[병철이에게. 모든 사실을 알렸습니다. 이제 그 아이는 지금 그 여자의 곁에서 살 수 없을 것입니다. 그러니 나에게 돌아오지 않겠습니까?]

그녀의 목소리는 뭔가에 승리한 듯한 목소리였다.

"틀렸습니다."

하지만 선우는 그녀의 맑은 목소리에 탁한 어투의 답을 주었다.

[틀렸다니, 무슨…… 뜻이죠?]

"그런 말을 듣고…… 당신 곁으로 갈 것이라 여겼습니

까? 틀렸습니다. 오히려 당신의 그 말이…… 지금 지상호 씨…… 아니, 당신에게는 박병철 씨겠군요. 박병철 씨에게는 더 큰 혼란을 주고 있는 것입니다."

선우는 의뢰인에게 했듯이, 그녀에게도 더 독한 어투로 말해 주었다.

[혼란이라고 할 것이 있습니까? 22년 전, 너를 유괴한 사람이 지금 너의 어머니다. 그러니 난 너를 잃어버린 것이 아니라 누군가에 빼앗긴 것이다. 비록 너를 지키지 못한 죄는 있지만, 그렇다고 너를 빼앗아 간 사람보다는 죄가 없을 것 같다…… 라고 하였습니다. 맞는 말 아닙니까?]

선우는 그녀의 말을 듣고 화가 치밀어 오르고 있었다. 오로지 자신의 생각만을 내세운 그녀였다. 그 말을 들은 당사자가 어떤 생각을 할 것인지는 전혀 생각지 않은 그녀의 말이었다.

"박병철 씨가…… 내일 사람을 죽입니다. 그것도. 아직 어린아이를 말입니다!"

[……!]

끝내 그녀에게도 자신의 임무를 말한 꼴이었다. 그리고 박병철이 누구에 의해 아이를 유괴하여 죽이기까지 하였는지, 그녀의 말을 듣고 알 수 있었다.

박병철의 모든 행동은 그녀, 즉. SI그룹 회장의 이 말에 의해서 나온 것이었다.

　회장은 박병철에게 자신이 유괴당한 사실을 말하였다. 그리고 유괴범에 의해 지금까지 살아왔다는 것을 알렸다. 그로 인하여 박병철에 심적 변화가 생겼을 것이라 확신하였다.

　[그게…… 무슨 말입니까? 왜 우리 병철이가…….]

　"분노입니다. 자신이 믿었던 부모에 대한 배신…… 그리고 자신을 친어머니라 말하는 여인의 말. 그 모든 것이 박병철 씨를 나락으로 몰아가고 있는 것입니다."

　선우는 그녀가 무슨 잘못을 한 것인지 말하고 있었다.

　하지만 믿지 않았다. 내일 박병철이 살인을 저지른다고 말하였다. 그 말은 아직 다가오지 않은 미래에 대한 말이었다. 그 누가 미래를 장담할 수 있는지, 그녀는 선우의 말을 믿으려 하지 않았다.

　"지금 즉시 박병철을 막아야 합니다."

　선우가 재차 그녀에게 박병철을 막고자 도움을 요청하였다.

　[아니요. 우리 아들이 그런 일을 저지를 사람이 아닙니다. 당신이 잘못 알고 있는 것이에요. 그리고 내일은 아직 오지도 않았습니다. 당신이 어찌 내일 있을 일까지…….]

　"젠장! 내일 일어나지 말아야 할 일이! 당신의 그 잘난 입에 의해 일어나려는 것입니다!"

참다못한 선우가 소리쳤다. 그의 주위에 있던 사람들이 그를 보았고, 얼굴이 붉어질 정도로 소리치고 있는 그에게서 멀찌감치 떨어지려 하였다.

하지만 선우는 주위 시선에 아랑곳하지 않았다. 자신이 할 말을 그녀에게 계속하여 큰 소리로 하고 있었고, 그때마다 주위 사람들은 선우를 더욱더 이상한 눈으로 보고 있었다.

[일단…… 병철이를 찾겠습니다.]

그녀는 잠시 동안 전화기를 들고만 있었고, 곧 그의 말을 일부는 인정한 듯, 작은 목소리로 말한 뒤 전화를 끊었다.

"젠장……."

선우는 전화를 끊은 후, 격한 말을 내뱉었고, 그때서야 주위를 둘러보았다.

모두가 자신을 이상한 눈으로 보고 있었고, 마치 미친놈을 대하는 듯한 눈빛들을 하고 있었다.

"지금 즉시 병철이를 데리고 와라."

회장은 경호원에게 나지막한 목소리로 말했다. 그녀는 박병철이 자신의 회사에 다니고 있다는 것을 잘 알고 있기에, 회사를 벗어나기 전, 그를 데리고 오라는 명령을 내렸다.

경호원들은 그 즉시 움직였고, 그녀는 자신의 머리를 꽉 쥐었다.

띠리리리리.

그녀와 통화를 끝낸 후, 멍하니 서 있는 선우의 전화벨이 다시 울렸다. 의뢰인이었다.

"여보세요?"

[우리 상호가 연락이 되지 않습니다. 제발…… 제발 좀…….]

"기다리세요. 지금 그의 친어머니란 사람이 그와 통화 중에 있을 것입니다."

선우는 다급한 목소리의 그녀와는 달리 차분한 어투로 말하였다. 하지만 그녀의 울먹이는 목소리를 듣고 가만히 있을 수 없었다.

아직 이 세계에서는 그녀의 얼굴을 본 적은 없지만, 임무를 맡기 전, 모니터를 통해 그녀의 모습과 음성을 들었다.

상기된 표정의 그녀. 이미 일이 저질러지고 난 뒤의 그녀였기에, 모든 것을 잃은 표정이었다.

지금 딱. 그녀의 표정이 그때와 같을 것이라 여겼다.

비록 유괴한 자식이지만, 진정 사랑을 주며 기른 아이라 말하고 있었다. 하지만 성인이 된 그 아이는 과거를 모두 알아 버렸다.

자신을 길러 준 부모가, 자신을 낳아 준 부모에게서 자신을 빼앗아 왔다는 것을 모두 알았다. 길러 준 정에 의해 용서가 있을 수도 있을 것이다.

하지만 단 한 사람의 욕심으로 인하여 다른 사람의 운명이 바뀌어 버린 것에 대한 용서는 할 수 없을 것이었다.

"오후 두 시……."

오후 두 시가 되었다.

금일 임무 시작 후, 두 사람을 만났고, 대화를 하였다. 그리고 전화 통화만으로 의뢰인까지 만났다.

하지만 일은 더 복잡하게 꼬여 가고 있었다.

아무런 단서나 화해의 조짐 없이 정해진 미래의 순서대로 그냥 흘러가고만 있었다.

선우는 계속하여 박병철에게 연락을 시도하였다. 하지만 그의 전화기는 연신 통화 중이었다.

"제발…… 누가 통화 중이든 간에, 그의 마음을 돌리기만을 바랄 뿐이다……."

선우는 초조하였다. 자신이 뭐라 그에게 직접적으로 말하고 싶지만, 통화가 되지 않았다. 그렇다고 무턱대고 회사를 찾아가 그를 만날 수는 없는 일이었다.

그와 그녀의 친어머니, 그리고 양어머니는 이래저래 이번 임무와 연관이 있다. 그래서 임무외의 일에 관여하지 말라는 규칙에서는 배제된 것이다.

하지만 회사를 찾아가서 그와 작은 실랑이라도 벌어지고, 그로 인하여 누군가 그 일을 목격한다면, 그것은 임무 외의 일에 관여한 꼴이 된 것이다.

그래서 회사를 찾아갈 수도 없고, 마냥 기다리고만 있을 수밖에 없었다.

띠리리리리.

전화벨이 울렸다. 박병철이었다.

"박병철 씨!"

선우는 전화벨이 울리자마자, 발신자를 확인한 후, 곧바로 통화 버튼을 눌렀다.

[이래저래 당신이 한 말이 떠올라 전화하였습니다.]

"그보다 지금 어디십니까? 저와 만나서……."

[아니요. 당신은 이미 내가 어떤 상황에 처해 있다는 것을 알고 있던 사람입니다. 그리고 내가 이런 결정을 할 것이라는 것도 알고 있었고요. 맞습니까?]

선우는 박병철이 자신의 말을 자르고, 연이어 계속하는 말을 듣고 있었다.

"만나서 이야기합시다."

선우는 재차 그를 만나고자 하였다.

[만날 필요 있겠습니까? 그보다 참 신기하군요. 어째서 미래의 일을 그리 잘 알고 계셨습니까? 당신이 나를 찾아온 그 순간부터 아마…… 이 일을 막고자 온 듯한데……

아쉽게도 막지 못할 것 같습니다.]

"뭔가 오해가 있을 수 있습니다. 극단적인 판단을 하기 전에 이성적으로······."

[이성적으로? 지금 나와 장난합니까? 입장을 바꿔 생각을 하십시오. 당신 같으면 지금의 상황에서 이성적인 판단이 설 것이라 보입니까?]

선우는 그의 말을 이어 답할 수 없었다. 자신에게 이와 같은 일이 생긴다면 이성적인 판단을 할 수 있을까······ 라는 질문.

선우의 모든 생각을 다 머릿속에서 지워 버리는 질문이었다. 그리고 오로지 그 질문만이 머릿속에 남도록 하였다.

선우는 지금의 상황에 이성적인 판단을 할 수 없을 것 같았다. 자식을 잃은 것도 참을 수 없지만, 유괴란 더욱 더 참을 수 없는 일일 것이었다.

[참 믿기 힘들지만, 당신은 내가 앞으로 무슨 일을 저지를 것인지 잘 알고 있는 듯합니다. 하지만······ 곰곰이 당신의 말을 생각하며, 당신의 행동을 떠올리다 보니, 내가 내린 결정만을 알고 있는 듯하나······ 그 과정은 일체 알지 못하는 것 같군요.]

박병철의 말에 놀랐다.

그의 말이 진실이었다. 선우는 박병철의 결말만을 알고

있었다. 그 과정은 일체 몰랐으며, 이곳에 와서야 그 과정을 하나하나 알아 가고 있는 것이었다.

그리고 박병철은 선우를 만나고, 통화 몇 번을 한 것으로 그 모든 것을 파악하였다.

[내 결론을 막고자, 과정을 바꿔 볼 심상이었던 것 같은데, 참 영화 같은 일이 현실에 일어나는군요. 당신이 어디서 온 사람인지는 모르지만, 과거든…… 미래든…… 함부로 바꾸려 하지 마십시오. 사소한 하나로 인하여, 훗날…… 아주 큰 변화가 일어날 수 있으니 말입니다.]

그리고 전화기는 끊어졌다. 선우는 끊어진 전화기에 대고 소리쳤다. 하지만 들려오는 답변은 없었다.

"젠장…… 젠장!"

답답하였다. 그가 어디에 있는지도 모르며, 그를 막을 방도는 아무것도 떠오르지 않고 있었다.

따리리리리.

전화기에 불이 나는 듯하였다. 이번엔 SI그룹 회장이었다.

[병철이가 통화가 되지 않아요. 회사에서도 이미 조기 퇴근했다고…….]

"조금 전 그와 통화했습니다."

[그래요? 지금 어디랍니까? 무엇하고 있다고 합니까?]

선우의 말에 그녀는 흥분된 어투로 질문하였다.

"어딘지도…… 무엇을 하는지도 모릅니다. 하지만 그
는…… 이미 정해진 미래의 순서대로 움직이고 있습니다.
내일 있을 살인을 준비하기 위하여 움직이고 있을 것입니
다."

박병철의 말처럼 살인까지의 과정을 일체 알지 못한다.
그 과정을 안다면, 무조건 막을 수 있을 것이었다.

하지만 결론만을 알고 있다. 그가 어디서 무슨 생각을
하며, 어디로 향하고 있는지, 알고 있는 것은 단 하나도
없었다.

[병철이를 찾아야 합니다. 제발…….]

"그러니까! 말 좀 가려 가며 하시지 그랬습니까! 그런
말을 한다고 아들이 얼씨구나 좋구나. 그러면서 당신에게
갈 것이라는 바보 같은 생각을 한 것입니까!"

선우는 거침이 없었다. 그녀에게 또다시 소리쳤다. 그
녀는 자본으로 움켜진 권력이 있지만, 지금은 아무짝에도
쓸모없는 자본이며 권력이었다.

지금까지 당당하던 표정이 선우의 말에 울상이 되어 가
고 있었다. 자신의 말에 의하여 자신이 그토록 찾고자 하
였던 아들을 완전히 잃게 되는 것 같은 느낌에 흘러내리
는 눈물을 참을 수 없었다.

선우는 그녀의 울먹이는 목소리를 계속하여 듣고만 있
었다. 뭐라 더 속 시원하게 퍼붓고 싶었지만, 그녀는 그녀

대로 마음이 아플 것이었다.

"잠깐! 박병철을 잃어버린 곳이 동물원이라 하였습니까?"

그녀의 울먹이는 목소리를 듣고 있을 때, 문득 그녀가 박병철을 잃어버렸던 장소가 떠올라 물었다.

[네. 과천에 있는 동물원입니다.]

"아마…… 박병철 씨가 그곳으로 갔을 확률도 있을 것 같습니다. 우선 그곳으로 가 보겠습니다."

[나도…… 나도 가겠습니다.]

"아니요. 당신은 그대로 계십시오. 당신이나 박병철 씨를 유괴한 사람이나, 그의 눈에 보여 좋을 것이 없습니다."

여인은 그의 말에 더 이상 대꾸를 할 수 없었다. 맞는 말이었기 때문이었다.

자신과 그 유괴한 여인을 보고 그가 어떤 돌발적인 행동을 취할지, 알 수 없는 일이었다.

[부탁…… 드립니다.]

그녀는 여전히 울먹이는 목소리로 선우에게 부탁하였다.

선우는 그 즉시 과천 동물원으로 향하였다. 시간이 촉박하여 택시를 탔다. 아무런 생각 없이 택시를 탔다.

"젠장…… 돈이……."

택시를 탔지만, 문제가 생겼다.

바로 택시비였다. 자신의 주머니엔 지난 박세돌 때와 같이 돈 한 푼 없었다. 무턱대고 생각 없이 택시에 올라타 버린 것이었다.

"어쩔 수 없지."

선우는 SI그룹 회장에게 연락하였다.

[병철이를 찾았습니까?]

그녀는 전화를 받자마자 물었다.

"아닙니다. 그보다 염치없는 부탁 하나 하겠습니다."

[말씀하세요.]

"제가 급한 마음에 택시를 탔습니다. 한데 돈이 없군요. 이 택시 기사 분께 택시비를 보내 줄 수 있겠습니까?"

쪽팔림은 두 번째였다. 우선 박병철을 무조건 찾아야 하기에 창피함은 없애 버려야 했다.

[알겠습니다. 지금 바로 돈을 보낼 테니, 그 택시를 오늘 하루 이용하십시오.]

그녀의 시원스러운 답이었다.

'역시 돈이 이럴 땐 좋군. 하루 종일 택시를 자가용처럼 사용할 수도 있다니.'

선우는 그녀의 돈 자랑에 소리쳤지만, 급할 때는 돈이 최고란 생각이 갑자기 들었다.

시계는 3시 40분을 가리키고 있었다. 과천에 있는 동물원에 내렸고, 택시기사에게 오늘 하루 움직일 수 있는 거리에 대한 최대치의 비용을 전해 들었고, 그 금액을 회장에게 전달하였다.

회장은 곧바로 해당 금액의 두 배에 달하는 돈을 기사의 통장으로 보내 주었고, 돈이 한 푼도 없는 선우에게 기사는 SI회장의 부탁으로 자신이 가진 돈을 건네주었다.

이 역시 회장이 모두 지불한 돈이었다. 기사는 차량을 주차장에 주차한 뒤, 선우가 다시 나올 때까지 느긋한 시간을 보내고 있었다.

선우는 택시에서 내린 뒤, 곧바로 동물원으로 향하였다.

이리저리 주위를 둘러보며 동물원으로 들어섰다. 평일이라 사람들은 몇 없었지만, 유치원에서 견학 온 유치원생들이 꽤 많이 보였다.

"유치원……."

그 꼬맹이들을 보며 선우는 자신의 막내 아들인 영민이가 떠올랐다. 딱 그 또래의 아이들이었다.

"잠깐…… 오늘은 현실 세계로 따지면 영민이가 이곳에 오는 날이잖아?"

그 아이들을 보고 있을 때, 지난날 아내가 한 말이 떠올랐다.

이틀 뒤, 영민이가 동물원으로 견학 간다는 말이 생각났다. 그리고 하루가 빠른 지금의 시간으로 계산한다면, 오늘이 영민이가 이곳에 있는 날이 되는 것이었다.

선우는 박병철을 찾으면서도, 영민이도 함께 찾았다.

지금까지 단 한 번도 유치원에서 어찌 생활하는지 본 적이 없었다. 비록 박병철이 우선이지만, 이런 기회에 영민의 유치원 생활도 함께 보고 싶었다.

선우는 점점 더 안으로 들어갔다. 그리고 반대로 유치원생들은 이제 돌아갈 준비를 하는 듯, 정문을 향해 내려가고 있었다.

"빨리 찾아보세요."

그러다 한 유치원생 무리를 지나쳐 갈 때, 선생으로 보이는 사람들의 대화가 그의 귀에 들어왔다.

선우는 걸음을 멈춰, 그들의 말을 귀담아 듣기 시작하였다. 거리는 꽤 있었지만, 그들의 목소리가 잘 들리고 있었다.

이 역시, 이 회사에 처음 입사하였을 때, 1초 같은 30분의 교육에서 나오는 능력이라 여겼다.

"어디에도 없습니다."

그들의 대화에 신경을 쓰고 있을 때, 한 여교사의 말에 선우의 눈동자가 흔들거리고 있었다.

'이곳…… 22년 전 동물원. 여섯 살…….'

갑자기 많은 것이 매치되고 있었다.

박병철이 의뢰인에게 유괴될 당시가 여섯 살이었다. 그리고 동물원. 장소와 대상의 나이가 같았다.

선우는 그들의 곁으로 걸어갔다. 꼬맹이들은 뭐가 그리 좋은지, 연신 웃으며 장난치고 있었다.

하지만 선생들은 달랐다. 표정이 굳어 있었고, 이리저리 안절부절못하고 있는 모습이 역력하였다.

"무슨…… 문제라도 있습니까?"

선우는 그중 한 교사에게 물었다.

"네? 아니…… 아닙니다. 아무것도 아니에요."

선우의 물음에 해당 교사는 말을 더듬거리며, 굉장히 떨고 있는 듯하였다.

"앗! 영민이 아빠다!"

"……!"

그러던 중 한 꼬맹이가 선우를 보며 아는 체하였다. 그러자 선생들의 표정이 바뀌며, 놀란 눈을 한 채, 선우를 보고 있었다.

"말해 보세요."

그들의 놀란 표정에서 뭔가 직감적으로 선우의 머리를 스쳐 가는 불길한 느낌이 있었다. 그리고 매서운 눈빛과 날카로운 음성으로 물었다.

"저…… 그것이……."

선생은 선우에게 말을 제대로 하지 못하고 있었다. 안절부절못하는 것은 여전하였고, 손이 무척 떨리고 있었다.

"큰일입니다. 영민이가 없어요."

"……!!"

해당 교사가 선우의 물음에 답하지 못하고 있을 때, 곧 한 교사가 급히 다가오며 말했다.

그의 말에 선우의 머리카락은 하늘을 향해 치솟고 있었고, 그를 앞에 둔 교사들은 심하게 떨리는 손을 주체하지 못하고 있었다.

"영민이가…… 영민이가 없어진 것입니까?"

선우는 나지막한 목소리로 되물었다.

"죄…… 죄송합니다, 아버님. 하지만 걱정하지 마세요. 이곳을 나갈 수 있는 출구는 정문뿐입니다. 그러니 정문에서 유치원복을 입고 다른 사람을 따라 나가는 일은……."

"지금 그게 말이 됩니까! 아이를 관리하지 못하면서 무슨 염치로 그런 말을 하는 것입니까! 당장 찾으세요! 당장!"

선우는 결국 참지 못하고 소리치고 말았다. 그의 말에 선생들은 다시 이리저리 움직이기 시작하였고, 무서운 눈빛으로 씩씩거리고 서 있는 선우를 보며, 영민의 친구인 유치원생들은 그의 곁에서 멀어지기 시작하였다.

선우는 정문으로 달렸다. 교사의 말처럼 정문을 통과하지 않으면 나갈 수 없다고 하였으니, 정문을 찾아 물어보는 것이 가장 빠른 것이었다.

"유치원복을 입고 나간 아이는 없습니다."

선우보다 먼저 도착한 교사가 정문을 지키고 있는 직원에게 물었고, 그 답은 선우도 함께 들었다.

"아이를 잃어버린 것입니까?"

그리고 직원이 곧바로 물었다,

"네."

"그럼 저희 쪽 직원도 함께 움직이도록 하겠습니다. 아이의 인상착의와 함께 이름을 말해 주십시오."

직원의 말에 교사는 아이의 사진과 함께 이름을 말했고, 그 즉시 원내 방송을 통해 영민이의 이름과 외모가 알려지고 있었다.

"혹시…… 이 동물원을 나가는 곳이 이곳 외에도 또 있습니까?"

선우가 물었다.

"나가는 곳은 더 있습니다. 하지만 정식으로 출입할 수 있는 곳은 이곳뿐이지만, 보시다시피 주위에 산이 있고, 개울이 있어, 개울을 지나 산길로 접어들었을 경우 그 길을 잘 아는 사람이라면, 쉽게 외부로 나갈 수도 있습니다. 그리고 저기……."

직원은 리프트를 향해 가리키며 말했다. 그 리프트는 동물원 가장 위쪽에서부터, 놀이공원의 초입 부분까지 연결되어 있는 것이었다.

즉, 위 부분에서 초입 부분까지의 표를 구매하면, 정문을 통과하지 않아도, 곧장 초입 부분까지 갈 수 있다는 것이었다.

선우는 그 즉시 선생에게 동물원 내부를 좀 더 확실히 찾아보도록 부탁하였고, 그는 리프트가 움직이는 방향을 따라 급히 움직였다.

"어디에 있는 거니 영민아……."

선우의 눈은 붉어지고 있었다. 눈물이 맺히고 있었고, 몸에 기운은 절로 빠져나가고 있는 듯하였다.

리프트가 움직이는 방향을 따라 이리저리 보았다.

하지만 어디에도 사람이 탄 리프트는 보이지 않았다. 선우는 다시 동물원 방향으로 움직였다. 그리고 직원에게 다시 물었다.

하지만 아직 영민이를 찾았다는 내용은 없었다. 선우는 점점 더 초조해지고 있었다.

그리고 다시 리프트로 시선을 돌렸다.

"영민아……!"

동물원에 들어서 직원들과 이야기를 나누는 시간 동안 리프트를 보지 못하고 있었다. 그리고 다시 동물원을 나와 리프트로 시선을 돌리자, 영민의 모습이 보였다.

"박병철!"

그리고 영민의 옆에는 박병철이 보였다. 아주 해맑은 미소를 지으며 영민이를 보고 있었고, 영민이도 해맑은 미소로 그를 보며 양손에는 풍선과 장난감을 쥐고 있었다.

"영민아!"

선우는 큰 소리로 영민이를 불렀다.

하지만 영민의 귀에는 들리지 않았다. 그리고 리프트에서는 박병철이 선우를 향해 보았다. 그리고 미소를 지었다.

"영민아!"

선우는 그의 차가운 미소를 보며 다시 영민을 불렀다. 하지만 역시 영민은 선우를 향해 시선을 돌리지 않았다.

그 순간 박병철은 영민의 귀를 가리키는 손동작을 보여주었다.

"젠장!"

그가 가리킨 손의 방향에는 헤드폰을 착용하고 있는 영민의 모습이 보였다. 자신을 부르는 소리를 듣지 못하게 하려고, 박병철이 꾀를 낸 것이었다.

―삐~익!

"젠장! 젠장! 조금만 더! 조금만 더!"

전자음이 울렸다. 다섯 시가 다가온다는 말이었고, 남

은 시간은 1분도 되지 않는다는 신호이기도 하였다.

선우는 죽을힘을 다해 달렸다. 리프트가 도착하는 지점이 초입 부분이기에, 그곳으로 먼저 도착하면 영민이를 만날 수 있을 것이라 여겼다.

정말 죽을힘을 향해 달렸다.

쾅당!

그리고 앞이 검게 변하며, 어느새 선우의 몸은 사무실 바닥에 아주 강하게 쓰러지고 있었다.

소환 시간이 다 되어 소환이 된 것이었고, 그의 달리는 속도가 그대로 적용되어 소환되자마자, 사무실 바닥에서 넘어진 것이었다.

"조금만 더요! 실장님 제발 부탁입니다! 다시 가게 해 주십시오!"

선우는 자리에서 일어서자마자, 실장을 붙들고 사정하였다. 하지만 실장은 그가 이런 행동을 하는 이유를 알 수 없었다.

"진정하십시오. 이미 임무 시간은 끝났습니다."

실장은 그의 양쪽 어깨를 잡아 흔들며 말했다. 하지만 선우의 눈에는 눈물이 흘러내리고 있었고, 실장의 말은 귀에 들어오지도 않고 있었다.

"대체 무슨 일입니까? 무슨 일이기에……."

"박병철을 보았습니다. 그리고 그가 유괴한 아이를 보

았습니다."

"그럼…… 아직 박병철 씨의 생각을 돌리지 못한 것이군요."

실장은 선우의 말을 들은 후, 임무에 관한 말을 하였다.

"그 아이…… 유괴된 그 아이……. 제 아들입니다."

"……."

선우는 멍하니 선 채 힘없는 몸을 하고, 역시 힘없는 목소리로 말했다. 하지만 그의 말에 사무실 안에 있던 그 누구도 놀라거나 그를 위로하려 하지 않았다.

"이선우 씨."

박 팀장이 그를 불렀다. 하지만 선우는 그녀의 말에 대꾸하지 않았고, 여전히 멍하니 서 있었다.

"현장에서 아드님을 보셨습니까?"

"네, 봤습니다. 박병철과 함께 가고 있는 아들을 보았습니다. 의뢰인이 말한 내용대로 흘러갑니다. 그런데…… 그런데 그 희생자가 제 아들입니다."

선우는 눈물이 흘러내렸다. 자신의 눈앞에서 자신의 아들이 유괴되고 있는 것을 보면서도 아이를 구하지 못하였다.

그래서 괴로웠다. 머릿속을 온통 덮고 있는 영민이의 얼굴이 떠나지 않았다. 하지만 그 아이를 홀로 두고 돌아와야만 하였다. 그것이 싫었다.

"이선우 씨."

다시 실장이 그를 불렀다.

"네."

힘없는 목소리로 답했다.

"그 일은 내일 일어날 일입니다. 아직 현실 세계에서는 일어나지 않은 일입니다."

실장의 말에 선우는 고개 들어 그를 보았다. 그리고 잠시 멍하니 있었다.

"이선우 씨는 임무 중, 아드님을 본 것입니다. 그리고 지금의 임무는 하루를 앞서 경험하고 있는 일입니다. 그러니…… 현실에서는 아직 아무런 일도 일어나지 않았습니다."

이선우가 천천히 몸을 일으켰다. 실장의 말이 귀에 들어온 것이었다.

'그래. 난 임무 수행 중이었다. 그리고 하루를 먼저 경험한 미래였어. 내가 본 것은 아직 일어나지 않은 일이다. 비록 미래에서는 일어났지만, 내가 살고 있는 현실에서는 아직 영민이가 내 곁에 있는 것이다.'

선우는 생각하였다. 비록 미래의 자신은 아들을 잃었겠지만, 지금 현실의 선우에게는 아들이 곁에 있는 것이었다.

그리고 미래에 자신은 어떤 생각을 하고 있는지 관심

없었다. 오로지 지금 현실에서의 자신만이 중요한 것이었다.

"먼저 퇴근하겠습니다."

선우는 급해졌다.

임무 중, 자신의 아들이 유괴당하는 것을 직접 목격하였기에, 현실 세계에서 영민이를 보고 싶은 마음이 급해졌다.

"영민아!"

집으로 온 뒤, 곧바로 영민이를 불렀다.

"여보, 무슨 일이에요?"

들어서자마자 급히 영민이의 이름을 부르자, 놀란 아내가 선우에게 물었다.

"영민이는?"

"지금 자요. 내일 유치원에서 동물원 간다고 하니, 일찍 자고 일찍 일어나서 준비하겠다고……."

아내의 말이 끝나기도 전에, 선우는 두 아들의 방으로 들어갔다. 지민이는 숙제를 하고 있는 듯 보였고, 영민이는 아내의 말처럼 침대에서 자고 있었다.

선우는 안도의 한숨을 내쉬며, 지민이의 머리를 쓰다듬은 후, 곧바로 자고 있는 영민이를 껴안았다.

"무슨 일이에요? 왜 갑자기 영민이를……."

아내는 선우의 행동을 이해할 수 없어 물었다.

"내일…… 영민이 동물원에 보내지 마."

"네? 왜요? 영민이 동물원에 간다고 잔뜩 들떠 있는데요."

"내 말 좀 들어줘. 그냥 부탁이야. 내일 영민이 집에서 쉬게 해 줘."

선우는 아내에게 자세한 설명을 하지 않았다. 그저 영민이를 내일 하루 동안 집에 있게만 부탁하였다.

"무슨 일인지는 모르지만 그렇게 할게요."

아내는 선우가 아무런 이유 없이 그런 부탁을 하지 않을 것이라 여겼다.

그 말을 듣고 난 뒤에야 선우는 영민이가 잠든 침대에 걸터앉으며, 새근새근 자고 있는 영민의 얼굴을 편한 표정을 한 채 보고 있었다.

"아빠, 영민이 내일 유치원 안 가요?"

영민이를 유치원에 보내지 말라는 말을 들은 후, 지민이가 물었다.

"응? 아…… 그게 말이야."

"그럼 나도 내일 학교 안 가고 영민이랑 놀아도 돼요?"

선우는 지민이의 말을 듣고, 지민이를 안아 주었다.

"우리 지민이. 오늘 과학관 다녀온 거 재밌었어?"

대화 화제를 다른 곳으로 돌렸다.

"네, 재밌었어요. 너무 신기하고, 그리고 꼭 우주에 가고 싶어요."

역시 이만한 나이 때에는 과학에 빠져들 나이였다. 모든 것이 신기하며, 특히 우주의 신비는 아주 큰 자극을 주는 효과가 있었다.

선우도 그랬다. 꿈이 과학자였던 자신의 어린 시절을 떠올렸다.

"지민이 마저 숙제하고, 아빠랑 놀까?"

"네!"

다행히 아이들은 한 소재를 가지고 오랫동안 끌지 않는다.

조금 전까지 영민이가 유치원에 안 가니 자신도 가지 않겠다고 하였지만, 곧바로 소재를 돌려 말하고 또 놀자고 하니, 조금 전 자신이 한 말을 모두 잊은 듯 환한 미소를 지으며 힘차게 답했다.

조금은 여유를 찾은 마음으로 씻고 저녁을 먹었다.

"여보, 그런데 왜 영민이를 보내지 말라고 한 거예요?"

묻지 않고 넘어가려 하였다. 하지만 그 이유가 너무 궁금하여 결국 다시 물음을 하였다.

"그냥…… 어제 꿈자리가 좋지 않아서."

아주 적당하며 평범한 핑계거리였다. 미신일 수도 있지만, 찝찝한 기분을 알고 있는 상황에서 괜한 모험은 할 필요가 없는 것이었다.

그의 한마디에 아내도 별다른 말을 하지 않았다.

진정 속이 타고, 머리가 터져 버릴 것 같았던 하루였다. 비록 임무 중 겪은 일이지만, 자신의 아들이 유괴되는 현장을 목격하고 그것을 막지 못한 것은 선우의 머릿속에서 평생토록 남아 있을 것이었다.

Episode 2

Chapter 3

다음 날.

"엄마, 난 유치원 가고 싶어."

영민이의 응석이 아침부터 시작되었다. 지난날 선우의
부탁으로 유치원을 보내지 않았다. 그로 인하여 영민이는
아내에게 계속하여 울며 말하고 있었다.

"영민아."

선우가 영민이를 불렀다.

"동물원은 아빠 하고 가자. 오늘 유치원에서 동물원에
가려고 했는데, 갑자기 일이 생겨서 가지 못하게 되었다
고 하더구나. 그래서 아빠가 쉬는 날 영민이를 데리고 함
께 가고 싶은데, 영민이 생각은 어때?"

선우는 차분하게 영민이를 앞에 세워 두고 물었다. 강제로 하지 말라는 것이 아니라, 아이가 이해할 수 있도록 차분하게 말하였고, 아이의 의견을 물어본 것이었다.

비록 거짓말을 하긴 하였지만, 이미 미래에서 겪은 일을 현재에도 겪는 일은 없도록 하고 싶었다.

"아빠 하고 같이?"

줄곧 울음이 멈추지 않았던 영민이는 선우의 말을 들은 후 울음을 멈추었고, 그를 향해 보며 물었다.

"그래. 아빠 하고 엄마, 그리고 형아 하고 같이."

"정말이지? 정말 함께 가는 거지?"

"그렇고말고, 그러니까 오늘은 엄마하고 집에서 놀아. 아빠 쉬는 날, 우리가족 모두 동물원에 놀러 가자."

영민은 이내 환한 웃음을 지으며 선우를 안았다. 그리고 새끼손가락을 펼쳐 보이며 약속을 다짐 받았다.

선우는 영민이가 잘 있는 것을 보고, 회사로 향하였다.

"오셨습니까?"

선우가 회사에 들어서자 박 팀장이 물었다.

"네."

"아드님은 잘 보셨습니까?"

"네, 집에 있도록 하였습니다."

"그렇군요."

선우의 표정은 밝았다. 하지만 박 팀장의 표정은 그다

지 밝지 않았다. 그리고 언제나 무표정이었지만, 실장의 표정도 밝아 보이지 않았다.

"그런데……. 무슨 문제라도 있는 것입니까?"

두 사람의 표정이 밝지 않아 물었다.

"어제……. 임무 중에 있었던 일은 오늘…… 현재의 시간에 일어날 일입니다."

그건 알고 있었다. 하루 차이로 임무에 임하고 있기에, 어제의 일이 오늘 현실에서 일어나는 것이었다. 그래서 영민이를 유치원에 보내지 않은 것이었다.

"아드님이 잘 있는 것을 보았으니, 이선우 씨에게는 다행입니다."

다행이라는 말을 전하면서도 그들의 표정은 그 말과 어울리지 않았다.

"시원스럽게 말해 주십시오. 뭐가 문제입니까?"

두 사람의 표정이 계속하여 어두워, 선우도 밝은 표정을 치우고 물었다.

"어제 있었던 동물원의 유괴사건. 현재 세계에서는 오늘 있을 것입니다. 그리고 비록 박병철의 유괴 대상이 아드님이었지만, 아드님이 현재 집에 있으니, 그 대상이 바뀔 것입니다."

선우는 두 사람의 표정이 어두운 이유를 알 수 있었다. 비록 자신의 아들은 구할 수 있었지만, 그 자리에 다른 집

아들이 희생양으로 자리한다는 말이었다.

선우는 눈동자가 떨려 왔다. 자신이 좀 더 적극적으로 박병철을 설득하였다면, 오늘의 일을 만들지 않을 수도 있다고 여겼다.

하지만 이미 시간은 지나갔다. 어제의 일은 직접 겪었고, 그 일이 이제부터 일어날 일이었다.

"업무 시작 시간입니다. LED 안으로 들어서시죠."

아홉 시가 되어 가고 있었다. 실장은 선우에게 말했고, 선우는 굳은 표정으로 LED 안으로 들어섰다.

"어제까지의 일은 이미 미래에서도 일어난 일입니다. 하지만 오늘. 박병철을 막지 못하면, 임무는 실패로 돌아가며, 현실에서도 그와 같은 일이 발생할 것입니다."

실장의 말에 선우의 심장은 굉장히 요동치고 있었다. 영민이를 구한 대가로 다른 아이를 잃게 된다는 말이었다.

"꼭…… 해결하겠습니다."

다짐하였다. 기필코 박병철을 설득하려 다짐하였다. 하지만 쉽지 않다는 생각도 함께 머릿속을 장악하고 있었다.

"삼성역?"

현장에 들어섰다. 그리고 삼성역이었다.

동물원이나, 기타 박병철이 사건을 저지를 곳과 연관이 있는 곳으로 이동할 것이라 여겼다.

"왜 삼성역이지……?"

선우는 자신을 삼성역으로 보낸 이유를 알 수 없었다. 잠시 동안 삼성역 인근에 서서 주위를 두리번거렸다.

"이선우 씨."

그의 옆으로 회장의 경호원이 다가서며 그를 불렀다. 회사에서 삼성역으로 보낸 이유는 그때 알 수 있었다.

이미 경호원이 이곳으로 선우를 찾아온다는 것을 알고 있었던 것이었다.

"박병철 씨는 어찌 되었습니까?"

선우가 물었다. 하지만 그들은 대답 없이 선우를 데리고 차에 태웠다.

"안녕하십니까?"

그들에 의해 차량에 타자 회장이 앉아 있었고, 선우는 가볍게 인사하였다.

"어제는 어찌 된 일입니까? 연락도 되지 않고, 또 갑자기 그렇게 사라져 버리면, 당신의 연락을 기다리는 우리가 어찌 됩니까."

어제의 일을 제대로 마무리하지 않고 사라져 버린 것을 두고 한 말이었다. 택시기사는 밤늦도록 주차장에서 기다리고 있었고, 회장과 의뢰인은 선우의 연락만을 기다리고 있었었다.

"죄송합니다. 피치 못할 사정으로 인하여……."

"그 사정은 잠시 후에 듣도록 하겠습니다. 일단 병철이가 있는 곳을 먼저 알아야 합니다. 어제 어디서 마지막으로 그를 보았습니까?"

"동물원에서 마지막 모습을 보았습니다. 그 후로 그의 행방을 놓쳤습니다."

선우는 마지막 그의 모습을 보았던 것은 진실되게 말하였다. 하지만 오후 5시가 되자마자 소환되어 버린 것을 말할 수는 없었다.

"어제…… 동물원에서 한 아이가 사라졌다는 신고가 있었습니다. 그로 인하여 저녁 내내 뉴스에서는 아이의 행방을 찾는 내용이 전파를 탔습니다."

미래의 어제는 그 일을 겪었기에 실종 보도가 뉴스를 통해 보도된 것이었다. 그저 평범한 실종이라면 저녁 뉴스에 까지 나오지 않았을 것이었다.

하지만 저녁 뉴스에 나올 정도였다면 선우가 소환 된 후에 뭔가 일이 있었을 것이라 여겼다.

"뉴스를 접하지 못했습니다. 무슨 내용이……."

"이선우 씨!"

선우는 그 뉴스 내용이 궁금하여 물었다. 하지만 곧바로 회장의 큰 목소리가 들렸다.

"왜 갑자기……."

"어제! 병철이가 유괴한 아이가 당신의 아이입니다. 그런데 이렇게 아무런 일이 없다는 것 마냥 행동하시면 마음이 편합니까!"

자신의 아들이 유괴된 것은 사실이지만, 자신은 지금의 이 세계에 없는 인물이었다.

아니, 있는 인물이라 하여도 현재의 자신과는 상관이 없는 인물일 뿐이었다.

그리고 자신이 살고 있는 세계는 지금보다 하루 늦은 세계. 그래서 어제 저녁에 일어난 일은 이 세계의 이선우가 알고 있는 것이지, 지금의 이선우가 알 수 없었다.

"무슨…… 말씀이신지……."

선우는 진정 무슨 일이 있었는지 궁금하여 물었다.

"어제…… 동물원에서 당신의 아들이 한 유괴범에 의해 유괴되었습니다. 당신은 동물원에서 사라진 아이를 찾기 위하여 매스컴을 이용했습니다. 뉴스 시간에 당신의 아이인 이영민이란 아이의 사진과 함께 목격자를 찾는다는 내용이 전파를 탔습니다."

미래인 지금의 세계에 살고 있는 이선우가 한 행동이었다. 진정 아이를 잃어버린 부모가 할 수 있는 행동을 한 것이었다.

"아이를 잃고도 어찌 그리 태평하십니까? 그것이 아니라면 내 앞에서 아이를 잃은 것을 표현하지 않으려……."

회장은 선우를 보며 점점 더 격한 어투로 말하다 말고 그의 표정을 보고 말을 잇지 않았다.

"지금…… 박병철을 만나는 것이 우선이지 않겠습니까?"

선우의 억양이 바뀌었다. 그리고 그의 말이 맞았다. 이미 유괴되었지만, 그 이후의 일을 막으려면 박병철을 찾는 것이 우선이었다.

"병철이는 지금 우리 쪽에서 찾고 있습니다. 다행히 그의 휴대전화가 회사에서 지급된 것이라 하더군요. 그래서 위치 추적을 하고 있습니다."

"그럼! 왜 어제 그런 방법을 사용치 않았습니까!"

그녀의 말에 선우는 큰 소리로 다시 반문하였다.

"저도 오늘 아침, 조금 전에야 그 내용을 보고받았습니다."

"회장님, 도련님의 위치가 확인되었습니다."

회장이 선우의 말에 답하고 있을 때, 경호원이 박병철의 위치가 잡혔다는 말을 하였다.

"어딘가?"

"SI그룹 본사 건물 인근입니다."

"그럼 SI에 있겠군."

박병철이 유괴한 아이를 살해하기로 한 장소로 SI그룹이 선택된 것이었다.

'젠장. 왜 이 모든 것을 의뢰인은 말해 주지 않았을까. 마지막 그의 행방이 필시 방송을 탔을 테고, 의뢰인은 박병철이 어디서 아이를 살해했는지 알고 있을 텐데. 왜?
왜…… 그 위치를 의뢰할 때 말해 주지 않았지?'

선우는 의뢰인이 의뢰를 할 때, 알려 준 몇 주요 단서
에 대해서, 너무나 많은 것이 빠져 있다는 것을 알 수 있
었다.

"일단 회사로 돌아가자."

회장의 말에 차량은 SI그룹으로 방향을 잡았고, 선우는
여전히 의뢰인이 무슨 의도로 모든 사실을 다 밝히지 않
았는지 궁금하였다.

회사에 도착한 후, 회장과 함께 선우가 로비를 들어섰
다. 그리고 선우의 눈에 한 여인이 보였다.

'의뢰인.'

이번 일을 의뢰한 여인이었다. 그녀는 회사 로비에 서
서 선우를 향해 보고 있었고, 곧 회장을 향해 시선을 돌렸
다.

"회장님."

그리고 회장의 앞으로 다가서며 그녀를 불렀다.

"누구시죠?"

"22년 전. 회장님의 아이를……."

짝!

말을 다 듣지 않았다. 하지만 회장은 그녀가 무슨 말을
하려는지 아는 듯, 그녀의 말이 끝나기도 전에 그녀의 뺨

을 내려쳤다.

"당장 이년을 경찰에 넘겨!"

회장은 그녀의 말을 일체 들으려 하지 않았다. 그리고 그녀의 말에 경호원은 의뢰인의 양 팔을 잡고는, 곧 경비실에서 경찰에 연락을 취하고 있었다.

"말을 들어 보는 것이……."

"아닙니다. 이런 여자의 말은 들을 필요가 없습니다."

"사과를 하러 온 것입니다!"

선우는 그녀의 말을 듣고 싶었다. 하지만 회장은 그녀에게 해명할 시간을 주지 않았다. 그리고 경호원에 의해 끌려 나가던 그녀가 소리쳤다.

"사과? 감히 나의 인생과 내 아들의 인생을 모두 바꿔 놓고 이제 와서 사과?"

회장은 그녀의 말에 콧방귀를 끼며 말했다.

"어머니를 놓아 주십시오."

"……!"

회장이 의뢰인을 더욱더 매섭게 노려보고 있을 때, 로비 입구에서 박병철의 목소리가 들렸다. 그리고 그의 옆에는 영민이가 해맑게 웃고 있었다.

"영민아……."

또다시 혼동이 오고 있었다.

분명 미래의 일이라는 것을 알고 있는 선우였다. 하지

만 자신의 눈앞에 아들이 유괴범에 의해 잡혀 있는 것을 보고 있자니, 참을 수 없었다.

"상호야……."

의뢰인은 그의 이름을 불렀다.

"상호는 무슨 상호! 내 아들 병철이의 이름을 함부로 바꾸지 마라!"

의뢰인이 눈물 섞인 목소리로 그의 이름을 부르자, 회장은 그녀를 향해 노려보며 큰 소리로 말했다.

"한 가지만 묻고 싶습니다."

회장이 의뢰인을 죽일 듯이 노려보고 있을 때, 박병철은 두 여인을 고루 보며 말했다.

"그래, 무엇이든 물어보거라. 이 엄마가 모든 진실을 다 말해 주마."

회장은 그의 물음을 들을 준비가 된 듯 자신 있게 말했지만, 의뢰인은 그저 고개를 숙여 박병철의 시선을 피하고만 있었다.

"고개를 드십시오. 어머니에게도 묻는 것입니다."

"어머니는 무슨 어머니야! 너의 엄마는 나다!"

박병철이 의뢰인을 보며 말하자, 곧바로 회장이 버럭 소리치며 의뢰인을 향해 삿대질을 하였다.

그리고 그 순간에도 선우의 시선은 자신을 보고 있는 영민이에게 집중되어 있었다.

"아빠……."

그리고 영민이의 나지막한 목소리. 그 한마디에 참고 있던 선우의 눈에는 눈물이 주르르 흘러내렸다.

'미래다…… 현재의 내가 겪는 일이 아니야. 참아야 한다. 우리 영민이는 지금 아내와 함께 있다.'

선우는 영민이를 보지 않으려 눈을 감고 홀로 주문을 외우듯 중얼거렸다.

"아빠. 여기 왜 있어? 여기가 아빠 회사야?"

영민은 천진난만한 목소리로 선우를 향해 보며 물었다.

하지만 선우는 영민이의 목소리마저 듣지 않으려 두 손으로 귀를 막았고, 눈은 꾹 감고 있었다.

"참…… 아이러니하군요. 자신의 아이를 유괴하여 죽이려는데 그 아비는 아이를 보지도, 아이의 목소리를 듣지도 않으려 하고, 또 22년 전 아이를 잃은 부모는 아이를 찾았지만, 아이의 엄마라 자신 있게 말하지도 못하고, 또! 아이를 유괴하고서 마치 친아들처럼 이렇게까지 키워 준 사람은 이제 와서 사과한답시고 머리를 숙이고…… 세상 참……."

박병철은 세 사람을 고루 보며 말했다. 그냥 듣기로는 세 사람 모두 이해 가지 않는 사람들이었다. 특히 그중에서도 선우의 행동은 모두가 이해할 수 없는 행동이었다.

지금 자신의 아들이 유괴범 손에 잡혀 생사를 걸고 있

는 시점에 아이를 구하고자 하는 마음을 가지고 있지 않은 듯 보였다.

"이선우 씨……."

박병철이 선우를 불렀다.

"이 아이…… 공교롭게도 당신의 아이더군요. 난 그저 내가 22년 전 겪었던 것을 재현해 보고자, 동물원에서 그 당시 나와 같은 나이의 아이를 데리고 온 것인데, 이 아이가 이선우 씨의 아이라니……."

박병철의 목소리에는 여유가 있었다. 급하지도 않았고, 떨지도 않았다.

마치 회사에서 자신의 아이디어를 브리핑하는 것처럼 모두의 귀에 속속 들어갈 음성으로 자신이 할 말을 하고 있었다.

"신고 받고 왔습니다. 무슨 일이시죠?"

때마침 경찰이 들어왔다. 경찰은 조금 전 회장의 말에 의해 경비실에서 의뢰인을 잡기 위하여 신고한 것을 받고 온 것이었다.

"참…… 빠르기도 하네. 그새 경찰에 신고까지 하셨습니까?"

경찰들이 옆에 서 있는데도 박병철의 목소리는 떨리지 않았다.

"무슨 이유로 신고하신 것입니까?"

경찰은 아직 상황 판단을 하지 못하고 있었다. 다시 재차 물었고, 그 질문에 대한 답은 그 누구도 하지 않았다.

"아이를 유괴했습니다. 그리고 지금…… 유괴한 아이를 죽이려 하고 있습니다."

"……!"

그 누구의 답도 아니었다. 바로 박병철이 직접 한 말이었다. 그의 말에 모두가 놀랐고, 바로 옆에 서 있던 경찰은 소지한 가스총을 꺼내 들었다.

"그딴 가스총으로 뭐하겠습니까?"

박병철은 그들이 들고 있는 총이 가스총이란 것을 알고 있었다.

신고를 받고 출동하긴 하였지만, 인근 파출소에서 온 경찰 두 명이 실탄을 장전한 권총을 들고 오지 않는다는 것을 이미 알고 있는 듯한 말이었다.

"손들어!"

하지만 경찰은 그를 향해 가스총을 겨누었고, 곧 외쳤다.

"가스총이 나의 정신을 먼저 빼놓겠습니까? 아니면 내가 이 아이를 먼저 죽일 수 있겠습니까? 내기 한 번 하시겠습니까?"

여전히 박병철은 여유로웠다. 회장과 의뢰인의 눈동자는 떨리고 있었지만, 선우는 감은 눈을 뜰 수가 없었다.

'미래다……. 미래다…….'

계속하여 홀로 중얼거렸다. 하지만 도저히 더 이상 눈을 감고 있을 수 없었다.

"영민아!"

눈을 뜨자마자, 가장 먼저 들어온 사람은 박병철의 손에 의해 몸이 감싸져 있는 영민이었다.

선우는 큰소리로 영민이를 불렀고, 지금까지 무슨 이유인지도 모르고 있던 영민은 그때서야 울음을 터뜨리며 울기 시작하였다.

"아이가 우는군요……. 지난 22년 전에도 아이는 울었겠지요? 하지만 그 아이는 한 여인의 손에 의해 유유히 사라졌습니다. 왜일까요?"

박병철은 자신의 손아귀에서 울고 있는 영민의 머리를 쓰다듬으며 물었다. 그리고 의뢰인은 22년 전을 떠올렸다.

"넌…… 울지 않았다. 조금 전까지 그 아이처럼 울고 있지 않았다."

의뢰인이 말했다. 그녀의 말에 회장의 시선은 그녀에게 독하게 돌아섰다.

"울지 않았다? 그래서 부모가 버젓이 있는 상황에 나를 데려갔다?"

박병철은 의뢰인의 말을 듣고, 어이없는 듯한 표정을

지으며 물었다.

"그래, 넌 울지 않았다. 오히려 내 손을 꼭 잡았다. 마
치…… 나를 데려가 주세요…… 라고 말하는 것처럼."

"거짓말! 내 아들이 그리 말할 이유가 없어! 왜! 왜 내
아들이 너에게 그런 말을 하겠어!"

의뢰인의 말에 회장은 로비 전체에 크게 울릴 정도의
목소리로 소리쳤다. 이미 회사에 있던 모든 사람들의 시
선이 그녀에게 집중되어 있었지만, 놀라는 눈들이 더 많
아졌다.

그들은 회장도 알고 있고, 박병철도 알고 있는 사람들
이다. 하지만 두 사람이 모자지간이라는 것은 오늘에야
처음 아는 사실이었다.

"시끄럽습니다!"

두 여인의 대화 중에 박병철의 큰 목소리가 울려 퍼졌
다. 그리고 경찰들은 그를 향해 다가서다 말고 멈추었고,
영민이는 더 큰 소리로 울고 있었다.

"이선우 씨…… 아이를 어찌 구할 생각이십니까? 당신
은 어제도 나를 보았습니다. 그리고 충분히 있는 힘을 다
해 달려왔으면 나를 잡을 수 있었습니다. 그런데 오지 않
더군요. 어디로 사라진 것입니까?"

박병철은 어제 선우와 눈이 마주쳤다. 그리고 자신의
뒤를 따라 달려오고 있었던 선우를 보았다.

비록 그 시대의 선우를 본 것은 아니지만, 박병철에게 과거, 미래의 선우가 아닌 자신이 속해 있는 현재의 선우로 보였을 것이었다.

하지만 그 순간이 끝이었다. 리프트를 내려 기다리기까지 하였다. 하지만 선우는 오지 않았었다.

"이선우 씨도…… 22년 전, 내 부모의 생각과 같았습니까? 누군가 내 아들을 데리고 사라져 주었으면……."

"시끄러! 뚫린 입이라고 함부로 말하지 마라!"

선우는 결국 참지 못하고 그의 말에 대꾸하였다.

그의 큰 목소리에 영민은 선우에게 다가서려 더 큰 목소리로 울었지만, 자신의 목을 꽉 잡고 있는 박병철의 손을 벗어날 수 있는 힘이 없었다.

"그럼 왜? 아이를 구하러 오지 않았습니까? 설마 잃어버리고 난 뒤, 저 여자처럼 22년간을 찾아 헤매고 다녔다고 훗날 말하려고 했습니까?"

회장은 그의 말에 눈동자가 붉어지며 떨리고 있었다.

"아니야…… 난 그런 생각을 한 적이 없어."

회장은 그 자리에서 주저앉으며 말했다. 목소리에 힘은 없었고, 눈물을 머금은 목소리였다.

"누굴 바보로 아십니까? 내가 아무것도 모르고 저 여자를 따라갔을 것이라 보십니까?"

"……!"

그의 한마디에 의뢰인과 회장이 동시에 놀란 눈으로 박병철을 보았다.

"여섯 살이면 충격적인 기억은 남아 있을 나이입니다. 난 그때…… 당신을 보았습니다. 나와 눈도 마주쳤지요. 내가 저 여자의 손을 잡고 가는 동안에도 당신은 이선우 씨처럼 나를 보고만 있었습니다. 마치…… 잘 가라는 듯 말입니다."

"……!"

선우가 회장을 보았다. 의뢰인도 놀란 눈으로 그녀를 보았다.

회장은 박병철을 보며 떨리는 눈동자를 주체할 수 없었다.

"왜…… 나를 보내려 한 것인지 압니다. 그 옛날…… 당신은 내 아버지에게 매일같이 맞으며 살아오고 있었습니다. 난 아직도 그 기억이 내 머릿속에 남아 있습니다. 그래서 나라도 행복하게 살라는 뜻으로 보내려는 눈빛을 보았습니다."

회장은 고개를 숙였다. 박병철이 하고 있는 말을 모두 인정한다는 뜻의 행동이었다.

"하지만…… 당신들의 생각으로 아이들의 생각을 대신하지 마십시오. 아이들은 맞고…… 굶어도 어머니와 함께 있고 싶어 하는 것이 당연합니다. 어머니의 품만이 세상

아빠는
신입
사원

에서 가장 안전한 곳이라 여기니까요."

지금까지 당당하던 박병철의 목소리도 떨리고 있었다. 눈물이 나오고 있다는 증거였다.

"미안하다…… 아들아……."

회장은 숙인 고개를 들지 못한 채, 힘없는 목소리로 말했다. 그리고 의뢰인은 박병철의 눈을 보았고, 그의 눈에서 흘러내리는 눈물을 보았다.

"난…… 행복했습니다. 아니, 행복하다고 여겨야만 내가 살 수 있다고 생각하였습니다. 그래서 애써 행복한 척하였습니다. 그 어떤 일이 있어도, 세간에서 학대라고 할 정도의 일이 있어도 전…… 행복하려 했습니다."

이래저래 복잡한 관계였다.

박병철은 모든 것을 다 알고 있었다. 자신의 친어머니가 자신을 버린 것을 알고 있었고, 자신을 데리고 간 의뢰인이 자신을 학대했던 것도 알고 있었다.

이는 선우가 알고 있는 것과, 회장이 알고 있는 모든 것을 다 엎어 버리는 그의 말이었다.

선우와 회장은 박병철이 행복한 나날을 보내며 살아왔다고 여겼다.

하지만 아니었다. 무엇 때문에 지금까지 자신의 감정을 숨기며 살아왔는지 모르지만, 모두가 생각하고 있던 그런 삶을 살아온 박병철이 아니었다.

의뢰인도 고개를 숙였다. 자신을 잘못을 인정한다는 행동이었다.

"오늘…… 이 자리에서 난. 두 어머니에게 사과를 받는 것이 아니라. 내가 사과를 하려 하는 것입니다."

고개 숙인 두 여인이 다시 고개를 들었다. 박병철에게 두 여인이 사과해도 모자랄 판에, 오히려 사과를 받는 자리라 하니, 그 이유가 궁금한 것이었다.

"난…… 내가 살아갈 길을 선택하기 위하여, 두 어머니를 속이고 살았습니다. 그리고 지금까지 잘살았습니다. 비록 친어머니에게 버림받고, 나를 유괴한 어머니에게 학대를 받았지만, 지금처럼 잘 견디고 잘 살아왔습니다."

박병철은 영민의 머리 위에 손을 올려 머리를 쓰다듬으며 말했다.

"그리고 나를 낳아 주고, 길러 주어서 고맙다는 말을 전하며…… 지금까지 나에게 했던 그 모든 일을…… 지금 이 자리에서 모두 갚도록 하겠습니다."

박병철은 영민의 머리를 꽉 쥐는 듯, 영민의 머리 위에 올려진 손에 수많은 핏줄이 보이고 있었다.

"안 돼! 영민아!"

선우는 큰 소리로 외쳤다. 하지만 영민은 자신의 머리를 누르고 있는 박병철의 손아귀 힘을 버티지 못하고 그 자리에서 주저앉았고, 곧 쓰러진 영민의 앞으로 박병철은 몸에 숨기고 있던 칼을 꺼내 들었다.

"실장님. 도플갱어 경고입니다!"

같은 시각. 현실에서는 박 팀장이 실장을 향해 보며 큰 소리로 말했다.

"근 미래의 일이라, 현실과 임무 중의 본인이 만날 수 있는 현상이지. 시간은 얼마나 남았나?"

실장은 자신의 턱을 만지며 물었다. 도플갱어 경고음은 근 과거나 근 미래의 임무에서, 흔히 일어나는 경고음 중에 하나다.

현실의 자신과 과거나, 미래의 자신이 한 자리에서 만나게 되는 것을 경고하는 것이다. 비록 닮은 사람이라 말할 수 있지만, 생김새는 물론 목소리마저 모두가 일치하면 그 현장의 사람들에게는 큰 혼란을 야기할 수 있다.

그리고 자칫 지금 이런 임무를 수행하고 있다는 것이 알려지는 날에는 여러모로 복잡한 일이 발생하기에, 절대 임무 중의 본인과 현실의 본인이 서로 만나게 되는 일은 피해야 하는 것이었다.

"약 5분입니다. 이미 임무 중. 해당 세계에서 박병철에 의해 이선우 씨가 연락을 받은 모양입니다. 그리고 이선우 씨가 그곳으로 향하고 있는 중입니다."

내일 있을 일이었다. 내일 이 시간이면, 선우는 임무를 수행하고 있어야 한다.

하지만 계산해 보면, 오늘로서 임무는 끝난다.

내일이면 선우에게 임무가 없을 수 있는 상황도 만들어질 수 있기에 오늘 현실 세계에서 일어나고 있을 유괴에 이어 내일 그 현장으로 달려갈 수 있는 여건은 충분히 마련되어 있는 것이었다.

"어찌…… 할까요?"

박 팀장이 물었다.

"지금 이 상황에서 이선우 씨를 강제 소환하면, 그 결과를 알지 못한다. 그렇다고 그대로 두면, 도플갱어 경고를 무시한 죄가 성립된다."

실장은 난처하였다. 이제 마지막 결론만을 남겨 두고 있는 상황이었다. 그 상황에 강제 소환이냐, 아니면 도플갱어 경고를 무시하고 결과를 보느냐가 관건이었다.

"실장님, 이선우 씨가 SI그룹 본사 정문에 도착했습니다. 곧 현실 세계의 이선우 씨와 조우가 일어납니다."

시간은 촉박하였다. 하지만 실장은 아직도 결정을 내리지 못하고 있었다.

"잘 봐라. 유괴를 했으면, 그 아이에게 훗날 아픔을 주지 말아야 한다. 그러니…… 그 자리에서 아예 죽여야 속 시원한 것이다."

박병철은 자신의 손아귀에 눌려, 울고 있는 영민을 내려다보며 말했고, 그 순간 경찰은 들고 있던 가스총을 박병철을 향해 발사하였다.

"그만둬! 박병철!"

그때를 맞추어 선우가 박병철을 향해 다가갔고, 그 순간 SI그룹 정문을 열고 그 세계의 선우도 안으로 들어섰다.

"영민아!"

"……!"

그 세계의 선우가 영민의 이름을 외쳤고, 그의 목소리에 현실 세계의 선우가 놀란 눈으로 그를 보았다.

"소환해."

팟!

쾅!

두 사람의 시선이 마주치기 전이자, 영민을 누르고 있는 박병철을 향해 두 사람이 함께 달려들고 있을 때였다.

그 순간 실장은 선우의 소환을 명령 내렸고, 그 즉시 박 팀장은 선우를 강제 소환하였다.

임무의 세계에서 현실 세계로 강제 소환 된 선우는 영민을 향해 달려들던 속도에 의해 곧바로 사무실 벽을 향해 부딪쳤다.

"영민아…… 영민아……."

머리를 강하게 부딪쳤다. 하지만 자신의 머리가 아픈 것은 느끼지 못하였다. 단지 영민을 구하지 못한 것이 머릿속을 모두 장악하고 있었다. 또다시 현실 세계와 임무 속 세계에서 혼란을 겪고 있는 선우였다.

"괜찮습니다."

정신을 놓은 듯, 횡설수설하는 그의 앞으로 다가선 실장이 그의 어깨를 잡으며 말했다.

"영민이…… 영민이 어찌 되었습니까?"

선우는 실장을 향해 보며 물었다.

"우리도 결론은 보지 못하였습니다. 때마침 그 세계의 이선우 씨가 SI그룹으로 들어서는 바람에 어쩔 수 없이 이선우 씨를 강제 소환 할 수 밖에 없었습니다."

실장은 그를 보며 조금 전 일어난 일에 대한 설명을 해 주었다.

선우는 천천히 일어섰다. 비록 임무 중인 상황에 일어난 일이지만, 자신의 아들을 지키지 못하였다. 그리고 멍하니 선 채, 다시 실장을 보았다.

"지금. 임무에서 일어나고 있는 일은 내일 현실 세계에서 일어날 입니다. 그리고 어제…… 임무 중, 일어난 박병철의 유괴 사건은 현실 세계에서 오늘 일어나고 있는 일일 것입니다. 그럼…… 현재 동물원에서는 우리 영민이 대신 누가……."

이미, 수차례 선우가 겪고 있는 일은 임무 중에 일어난 일이라 몇 번이고 되새겼다. 그래서 임무 중 세계의 일은 깊이 담아 두지 않았다. 현실 세계의 일이 걱정되었다. 비록 현실 세계 자신의 아들인 영민이는 정해진 운명을 비켜 갔다. 하지만 그로 인하여 다른 아이가 영민이의 운명을 대신하고 있을 것이었다.

"우리가…… 미래를 보고 왔지만, 그로 인하여 현실 세계에 그 일을 반영시킬 수는 없습니다. 비록 이선우 씨가 미래의 일에 대해 일부 변경을 하는 실수를 범하였지만, 그것은…… 우리가 눈감아 줄 것입니다. 하지만! 지금 일어나고 있는 일에 대해서는 관여하지 않는 것이 옳은 것입니다."

실장의 말을 들었다. 임무니 뭐니, 다 이해할 수 있었다. 하지만 빤히 알고 있는 일을 그냥 모른 체 한다는 것은 있을 수 없는 일이었다.

그것도 아이의 목숨이 달린 일이었다. 자신의 아들을 대신하여 죽을 운명을 가진 아이의 일이었다.

"그냥…… 보고 있을 수 없겠습니다. 우리 영민이를 대신하는 아이입니다. 막아야 합니다."

선우는 실장을 지나, 엘리베이터로 향하며 말했다. 하지만 곧 실장의 눈짓으로 회사 직원들이 그를 막아섰다.

"회사 규칙입니다. 지켜 주십시오."

실장이 정중히 그에게 부탁하였다.

선우는 그의 말을 듣고, 그 자리에 섰다. 그리고 몸을 돌려 그를 보았다. 임무 중에 영민이를 구하지 못하였으니, 현실 세계에서 반영된 영민이의 운명을 대신한 아이의 생명은 구하고 싶었던 선우였다.

"혹시…… 자녀가 있으십니까?"

선우는 실장을 보며 눈물 맺힌 눈동자를 한 채 물었다.

"있습니다."

그리고 실장은 그의 물음에 나지막한 목소리로 답했다.

"만약. 실장님의 아이가 지금 우리 영민이를 대신하는 운명을 지니고 있다면 그냥 앉아서 보고만 있을 수 있겠습니까? 그것도…… 미래를 훤히 알고 있는 상황에서 말입니다."

선우는 실장에게 점차 이를 꽉 깨물며 말했다. 하지만 실장은 선글라스 속 눈동자를 깜빡거리지도 않은 채, 그를 보고만 있었다.

"회사의 규칙입니다. 만약…… 내 아들이 당신의 아들 운명을 대신한다고 하여도…… 난 규칙을 지킬 수밖에 없습니다."

선우는 눈살을 찌푸렸다. 그를 향해 욕을 내뱉고 싶었다. 그깟 회사일로 인하여 자식을 버린다는 것은 절대 용서할 수 없는 일이었다.

그 자식을 위하여 일하고, 그 자식을 위하여 살아간다고 해도 과언이 아닌 부모들이다.

　하지만 그 자식을 버리면서까지 일을 해야 하는 것은 선우로서는 이해할 수도 없었고, 용서할 수도 없는 일이었다.

　"이 회사의 규칙이 그런 것이라면, 제가 이 회사를 그만두겠습니다. 사람을 위하지 않는 회사는…… 미래가 없는 것과 같습니다."

　선우는 실장을 향해 공손히 고개 숙여 인사한 뒤, 자신을 막고 있던 두 직원 사이를 지나치며, 엘리베이터를 탔다.

　그가 엘리베이터를 타고 회사를 나서고 있어도, 실장은 그를 잡지 않았다. 선글라스 속 눈동자도 흔들리지 않았다.

　"실장님……."

　박 팀장이 그를 불렀다. 하지만 아무런 대답도 없었다. 사무실 내에 있던 모든 직원들이 실장을 보고 있었다. 하지만 실장은 한동안 아무런 말도, 아무런 움직임도 없이 그대로 서 있기만 하였다.

　회사를 나온 선우는 곧바로 집으로 향하였다.

　"영민아!"

집으로 들어서자마자 영민을 불렀다. 그러자 아내의 품에 안겨 자다 일어난 듯 보이는 영민이가 눈을 비비며 선우를 보았다.

"여보. 이 시간에……."

"영민아……."

아내의 말에 대꾸는 없었다. 그저 아내가 안고 있는 영민의 곁으로 가, 영민을 안아 주며 아이의 이름을 불렀다.

"무슨 일이에요? 이 시간에 집으로 오다니……."

"아니야. 그냥……. 그보다 오늘 영민이 다니는 유치원에서 동물원 갔었어?"

선우는 아내에게 물었다.

"네, 오늘 모두 갔어요. 아침에 유치원에서 영민이가 오지 않아 연락이 왔었는데, 열이 좀 있다고 말을 둘러댔어요."

아내에게 거짓말을 하도록 한 것은 미안하였다. 하지만 그 거짓말로 아이를 구할 수 있다면, 얼마든지 할 수 있는 거짓말이라 여겼다.

"당신은 오늘 영민이 데리고 절대 밖으로 나가지 마. 나 잠시 나갔다 올게."

선우는 아내에게 몇 당부의 말을 전한 뒤 곧바로 집을 나섰고, 평소답지 않은 행동과 어투를 보인 선우를 보며 아내는 그냥 서 있기만 하였다.

선우는 그 길로 곧장 동물원으로 향하였다.

"지금 시간은 오후 1시. 아직 어제 임무 중, 일어난 시간보다는 빠르다. 어쩌면 막을 수도 있어."

선우는 동물원으로 향하며 홀로 중얼거렸다. 어제 임무 중, 박병철이 영민이를 유괴한 시간은 거의 오후 4시 40분이 넘은 시간이었다.

그가 영민이를 데리고 리프트를 이용하여 이동하고 있을 때 선우가 소환되었기에 5시에 가까운 시간이라 여겼다.

[이선우 씨가 집을 나왔습니다. 아마도 동물원으로 향하고 있는 것 같습니다.]

그리고 회사 직원 중 두 명이 이선우의 뒤를 밟고 있었고, 곧 그의 행동을 모두 실장에게 보고하고 있었다.

"끝까지 따라붙어라. 그리고 될 수 있다면…… 그를 도와라."

[알겠습니다.]

실장은 선우에게 절대 현실 세계에 미래에서 보고 온 내용으로 관여치 말라는 말을 하였다. 하지만 두 직원에게는 선우를 돕도록 명령 내렸다.

"실장님…… 이건 사칙에……."

"알고 있다. 하지만 이선우 씨의 말이 모두 맞다. 그건 박 팀장도 인정하지 않은가. 사람이 우선이다. 비록 이 일로 인하여 미래가 터무니없이 바뀌어 버린다고 하여도, 사람을 우선으로 하는 것은 옳다고 본다. 그리고 그 대상이 어린아이다."

실장은 선우의 말에 또다시 사칙을 어기는 행동을 자행하고 있었다.

사무실에 앉은 모든 직원들이 실장을 보았다. 지금까지 그의 이런 판단은 처음 보았다. 하지만 그 누구 하나 실장의 의견에 반대하는 이들은 없었다.

오히려 실장의 말을 들으며 현재 선우의 위치를 그의 뒤를 쫓고 있는 두 직원에게 전송해 주고 있었고, 필요한 조치를 모두 취할 수 있는 방법도 찾고 있었다.

"그보다…… 임무의 결과는 어찌 되었는가?"

실장은 박 팀장에게 선우가 맡았던 임우의 결과를 물었다.

"지금 그 세계에서 일어나고 있는 내용들을 수집하고 있습니다. 곧 결과가 전송될 것입니다."

박 팀장은 현재 그 세계에서 일어나고 있는 일을 그 세계의 언론을 통해 알아보고자, 정보를 수집하고 있었다.

이 역시 미래에서 들여온 과학의 힘이었다. 비록 자세한 내용은 알 수 없지만, 그 시대에, 그 시간에 무슨 일이 일어나고 있는지는 알 수 있었다.

비록 미래의 일에 한정된 기술이긴 하였다. 과거에는 TV이나 인터넷이 없었다. 그래서 정보를 입수하는 것은 어려웠다.

하지만 미래는 다르다. 실시간으로 현장 상황을 전개하는 일이 무척 쉬운 일이었다. 그리고 그 정보를 자세히는 아닐지라도, 일부라도 받을 수 있는 능력이 이들에게는 있었다.

동물원에 도착한 선우는 곧바로 동물원 안으로 들어섰다. 그리고 박병철을 찾기 시작하였다. 아이가 다니는 유치원의 유치원생을 찾는 것이 아니라, 박병철을 찾아 그를 막는 것이 더 빠른 것이라 판단 내렸다.

곧바로 그 뒤로 회사 직원 두 명도 동물원으로 들어섰다. 그들 역시 박병철을 찾기 시작하였다.

"영민이가 다니는 유치원······."

이리저리 박병철을 찾고 있던 중, 영민이가 다니는 유치원생들이 선우의 시야에 보였다.

모두 해맑게 웃고 있었고, 선생님의 지도 아래 두 명이서 손을 잡고 선생님의 뒤를 따르고 있었다.

선우는 잠시 동안 그 아이들을 보았다. 그리고 그 아이들의 해맑은 미소에 지금까지 잔뜩 찌푸리고 있던 인상을 잠시나마 풀 수 있었다.

'박병철······.'

그 순간 자신의 의지와는 상관없이 박병철의 이름이 떠올랐다. 잠시나마 아이들의 해맑은 미소를 보며 환해졌던 그의 표정이 다시 굳어졌다.

선우는 지난날 임무 중의 일을 떠올리며, 리프트의 마지막 종착지인 동물원의 가장 위쪽을 향해 움직였다.

동물원의 정문을 통하지 않고 입구까지 편히 갈 수 있는 유일한 방법. 바로 리프트였다.

'3시……'

어느덧 시간은 3시를 향해 있었다. 아직 시간적 여유가 있었다. 박병철은 거의 5시가 다 되어 갈 때쯤, 영민이를 데리고 이곳을 벗어났었다.

선우는 리프트의 마지막 종착지에 다다랐고, 그 자리에 섰다. 그리고 주위를 둘러보았다.

다행인 것은 박병철은 선우를 모른다. 지금은 현실 세계다. 현실 세계에서는 선우와 박병철이 만난 적이 없었다. 하지만 선우의 기억에는 박병철이 남아 있다.

즉, 박병철은 선우를 알지 못하기에 자연스럽게 이곳으로 유괴한 아이를 데리고 올 것이라 여겼다.

무료한 시간이 아닌 초조한 시간이 흐르고 있었다. 그 시간에 박병철을 찾아다닐 수 있지만, 괜한 수고로 길이 엇갈리는 것을 막고자, 선우는 그곳에서 움직이지 않고 있었다.

'4시 30분.'

시간이 다 되어 가고 있었다. 이쯤이면, 박병철이 모습을 보일 것이라 여겼다.

주위를 둘러보았다.

"박병철······."

그리고 예상대로 박병철이 한 아이의 손을 잡고 리프트 방향으로 향하고 있었다.

박병철의 손을 잡고 오는 아이는 영민이가 아니었다. 영민이와 운명을 바꾼 죄 없는 아이였다.

선우는 박병철의 곁으로 걸어갔다. 그와 거리 약 20미터, 박병철을 향해 시선을 주면서 걸었다. 그리고 그동안에 그의 앞에 서서 뭐라 말 할지를 떠올리고 있었다.

15미터.

이제 박병철의 눈에도 선우가 보였다. 그리고 평범해 보이지 않는 그의 눈빛도 함께 보았다.

박병철은 주위를 보았다. 평일이라 사람들이 많지 않았다. 그리고 자신이 잡은 아이의 손을 더욱 더 꽉 잡았다.

"이곳에서 뭐하십니까? 부장님."

그 순간 실장이 보낸 두 직원이 선우의 앞에 서며 그를 막은 뒤, 부장님이라 불렀다.

"뭐야?"

선우는 그들을 보며 인상을 찌푸렸다. 그리고 그들의

어깨 틈으로 박병철을 보았다. 박병철은 선우를 보며 긴장하고 있었으나, 이내 두 직원의 등장에 의해 선우에 대한 관심을 접는 듯 보였다.

"지금…… 나서시면 일이 복잡해집니다. 잠시만 기다리십시오."

두 직원 중 한 명이 선우에게 나지막한 목소리로 말했다.

"무슨 뜻입니까?"

"지금 실장님께서 다른 방법을 찾고 계십니다. 저 아이도 무사하고, 박병철도 잡을 수 있는 방법을 찾고 있습니다."

선우는 그의 말을 들은 후, 다시 시선을 박병철에게 돌렸다. 아이는 여전히 해맑게 웃고 있었고, 박병철도 아이를 향해 웃고 있었다.

"실장님이 보낸 것입니까?"

선우는 박병철을 본 후, 직원들을 향해 보며 물었다.

"네. 그러니 잠시만 기다리십시오. 지금은 현실 세계입니다. 오후 5시가 되어도 선우 씨가 어디론가 돌아갈 필요가 없는 현실 세계입니다. 그러니 잠시만 기다리십시오."

직원의 말이 맞았다. 어제는 이 모든 것을 보고서도 소환 시간에 맞춰, 현실 세계로 돌아갈 수밖에 없었다.

**아빠는
신입
사원**

하지만 지금은 다르다. 이곳은 과거나 미래도 아니었다. 바로 지금 선우가 살고 있는 현실 세계다. 그리고 벌어지고 있는 일도, 현실의 일이다.

박병철은 아이의 손을 잡고 리프트에 올랐다. 그리고 리프트는 점차 위로 오르며, 놀이공원 정문을 향해 움직이고 있었다.

"이제 됐습니다. 저놈이 중간에 내릴 수 있는 길은 동물원 입구와 놀이공원 입구. 이 두 곳뿐입니다."

직원이 말했다. 그가 여러 방면으로 다양한 움직임을 할 수 있는 땅에서보다, 고립된 곳에 오를 때까지를 기다리고 있었던 것이었다.

직원의 말에 선우는 리프트를 타고 내려가고 있는 박병철을 보았다. 박병철도 시선을 돌려 선우를 보았다.

"박병철이 현실 세계에서 나를 알지 못하는 것이 다행이었군요. 그럼 이제부터 어찌할 것입니까?"

선우가 직원에게 물었다.

"다음 상황은 실장님께서 직접 움직일 것입니다. 우린 동물원 입구로 향하겠습니다. 이선우 씨는 놀이공원 입구로 향하십시오."

두 직원은 그 즉시 동물원 입구로 움직였다. 반면에 선우는 그 자리에 가만히 서 있었다.

"이게 무슨 계획인가? 리프트를 타고 움직이는 이들이

당연히 빠르다. 지금부터 뛰어서 놀이공원까지 갈 시간에 박병철은 이미 아이를 데리고 사라진다."

두 직원이 자리를 벗어난 후, 선우 홀로 뱉은 말입니다.

선우는 인상을 찌푸렸다. 작전이라면 좀 더 세밀하게 세웠어야 하는 것이라 홀로 말하고 있었다. 지금부터 정말 뭐 빠지게 뛰어도 리프트를 타고 내려가는 박병철을 따라잡는 것은 불가능한 일이었다.

"젠장……."

그대로 그곳에 가만히 머물러 있을 수 없었다. 선우는 그 즉시 리프트를 타러 움직였다,

어차피 뛰어 내려가도 리프트를 타고 내려가는 박병철보다 뒤에 도착할 것이었다. 그렇기 때문에 리프트를 타고 일정한 거리를 두고 내려갈 심산이었다.

"모두 준비되었나?"

같은 시각. 놀이공원 입구에는 몇 경찰들과 함께 실장이 도착하였고, 박 팀장과 몇 직원들에게 물었다.

"네."

직원들이 답한 후, 실장은 그들에게 손짓으로 몇 명령을 내리는 듯하였다.

"그분들은?"

그리고 박 팀장에게 물었다.

"거의 다 왔을 것입니다. 아…… 저기 오고 있네요."

박 팀장은 실장의 말에 답한 뒤, 주위를 둘러보았다. 그리고 놀이공원 분수대 인근에서 뛰어오고 있는 사람들을 보며 말했다.

"늦지 않아 다행이군."

실장은 박 팀장이 가리킨 곳을 향해 시선을 돌리며 말했다. 그의 시선에 보인 사람은 SI그룹 회장과 의뢰인이었다.

비록 그녀와 3일의 차이를 두고 의뢰 내용을 들었지만, 직접 얼굴을 대하는 것은 오늘이 처음이었다.

또한 현재의 의뢰인은 3일 전 이 일을 의뢰하였으며, 3일이 지난 현재의 세계에서 직접 모습을 보인 것이었다. 그리고 의뢰인은 아직 이런 회사가 있다는 것을 현재로써는 알지 못하고 있었다.

"대체…… 무슨 일입니까? 왜 우리 병철이가……."

SI그룹 회장이 먼저 다가서며 말했다. 그리고 곧바로 시선을 돌려 의뢰인을 노려보았다.

"이 모든 것이 당신 때문이야! 왜 내 아이를……."

"지금은 죄송하다는 말만 전하겠습니다. 하지만! 그때…… 22년 전. 당신은 나를 보았습니다. 아이를 데리고 가는 나를 보았습니다. 그때는 잡지 않았습니다. 그런데 이제 와서 아이를 찾는다며 나선 이유가 궁금하군요."

의뢰인도 당당하였다.

그녀는 유괴범이다. 한 아이를 유괴한 장본인이다. 하지만 당당하였다.

"지금은 두 분께서 다툴 시간이 없습니다. 일단 죄 없는 또 다른 희생자가 나오지 않도록 하는 것이 우선입니다. 그러니…… 지금은 박병철 씨를 설득하는 것이 우선이며, 모든 법적 대응은 그 후에 하십시오."

두 여인의 말다툼에 실장이 끼어들었다. 그의 말에 두 여인은 서로를 날카롭게 보고만 있었다.

"저기……."

곧 모두의 시선에 리프트를 타고 내려오는 박병철이 보였다. 한 아이의 손을 잡고 웃으며 앉아 있었다. 그리고 그의 시선에 자신의 현재 어머니인 의뢰인과 과거의 어머니인 SI그룹 회장이 보였다.

순간 박병철의 표정이 변하였다.

표정이 굳어진 것이 아니었다. 정확히 두 여인을 바라보며 진정 사람의 웃는 모습이라 할 수 없는 표정으로, 두 여인을 보고 마치 악마의 미소와 닮은 미소를 짓고 있었다.

실장의 시선은 박병철과 함께 내려오고 있는 아이를 보았다. 아무런 표정 변화는 없지만, 선글라스 속 눈동자는 서서히 떨려오고 있었다.

곧 리프트가 도착하였고, 그 즉시 대기하고 있던 경찰 관이 박병철을 붙들었다.

"박병철 씨. 당신을 유아 유괴 혐의로 체포합니다."

현장에서 체포되는 박병철이었다. 미래에서는 그의 저항이 만만치 않았지만, 현실 세계에서는 아무런 저항도 하지 않았다. 단지 매서운 눈빛과 함께, 여전히 꿈에서라도 보지 않았으면 하는 미소를 지으며 그곳에 있는 두 여인을 향해 보고 있을 뿐이었다.

"병철아!"

"상호야!"

곧바로 두 어머니가 그의 앞으로 다가서며 서로 다른 이름을 불렀다.

박병철은 두 어머니를 보았다.

자신을 버린 회장. 그리고 자신을 유괴하여 기른 어머니. 어느 한쪽도 자신이 사과를 해야 할 사람은 없었다. 단지 자신이 이 두 사람에게 고통을 더 주지 못하여 아쉽다는 듯한 표정만을 짓고 있었다.

두 어머니의 울음 섞인 부름 속에서도 박병철은 태연하였다. 그리고 곧 도착한 리프트에서 선우가 내렸다.

"어찌 된 일입니까?"

선우는 생각지도 못한 상황을 접하며 박 팀장에게 물었다. 실장이 직접 이곳으로 올 것이라고는 진정 생각지 못하였다.

"아무리 생각해도 사칙보다는 아이의 생명이 우선이라 여겼습니다. 그리고 이 모든 결정은…… 실장님께서 내린 결정입니다."

선우는 박 팀장의 말을 들은 후, 실장을 보았다. 그리고 실장은 경찰에 의해 잡혀가는 박병철을 본 후, 또 다른 경찰관에게 안전하게 인도된 어린아이를 보고 있었다. 그리고 그의 선글라스 속 눈동자가 더욱더 심하게 떨리고 있는 것이 선우의 눈에 보였다.

"실장님……."

선우는 실장에게 다가가 나지막이 그를 불렀다.

"결국…… 임무에서 막지 못했던 일을 현실 세계에서는 막은 셈이 되는군요."

실장은 선우를 향해 보지 않은 채, 여전히 아이에게 시선을 집중하며 말했다.

"죄송합니다. 임무의 끝은 어찌 되었습니까?"

비록 자신이 겪지 않은 미래의 일이지만, 궁금하였다. 끝을 보지 못한 채, 강제 소환되었기에, 미래의 영민이가 어찌 되었는지 궁금하였다.

"그 세계의 인터넷을 보았습니다. 그리고 사건의 결말을 보았습니다. 당신은…… 당신의 아이를 구했습니다. 비록 현실 세계의 당신은 다시 돌아왔지만, 그 세계의 당신이 아이를 구했습니다."

선우는 긴장이 풀리는 듯하였다. 다행이었다. 그 세계에 있는 자신의 아들을, 자신이 직접 구했다는 말이었다.

"임무는 성공한 것으로 간주하겠습니다. 의뢰인이 의뢰한 내용을 중점으로 하기에, 의뢰 내용이 죄 없이 희생당하는 아이를 구해 달라는 말이었기에, 그 아이를 구한 것으로 임무는 완수한 것으로 하겠습니다."

현실 세계의 선우가 아닌 그 세계의 선우가 아들을 구한 것이었다. 그로 인하여 지금의 선우도 임무를 완수하게 된 것이었다.

두 어머니는 경찰차에 올라탄, 박병철을 향해 계속하여 울면서 그의 서로 다른 이름을 불렀다.

하지만 박병철은 여전히 아무런 말없이 앞만 보며 진정 악마의 미소만을 짓고 있었고, 그대로 경찰차는 그곳을 벗어나기 시작하였다.

"죄 없는 한 아이의 생명이 무사히 구해졌기에, 내일이 현실 세계에서는 이 일을 의뢰한 의뢰인도 우리의 존재를 알 수 없을 것입니다. 그리고 SI그룹 회장도 모릅니다. 지금의 세계에서 두 여인은 그저 서로가 자식이라고 말하고 있는 박병철이 살인자가 되지 않은 것만을 두고 감사할 것입니다."

울며 자리에 주저앉은 두 여인을 보며 실장이 말했다.

그의 말처럼 지금은 현실 세계다. 두 여인은 아직 이 비밀스러운 회사에 관한 것을 모른다.

"두 여인이 저지른 일로 인하여 박병철이 지금까지 어떤 생각을 하며 살아왔는지에 대해, 두 여인은 어떤 반응을 보였습니까?"

이선우가 물었다.

"두 여인과 통화했었습니다. 그리고 박병철이 이런 일을 꾸미고 있다고 말했습니다. 믿지 않더군요. 그래서 박병철의 과거에 대해 모두 말 하였습니다. 그랬더니 모든 것을 실토하였습니다. 지난 3일간 이선우 씨가 임무 중에 겪었던 모든 것이 지금 3일 동안 모두 동일하게 현실 세계에서 발생하였습니다. 박병철 씨의 마음이 흔들리게 만든 것도 SI그룹 회장이 과거의 모든 사실을 말하면서 일어난 것이라 여겼지만, 박병철은 이미 오래전부터 이 일을 꾸미고 있었다고 보아도 무방합니다. 단지…… 현실 세계에서는 그저 유아를 유괴한 죄만을 저지른 것으로 남겠지만, 이미 그의 미래는 살인자이며, 또 다른 미래는 유아 살인 미수죄를 저지른 인물입니다."

선우는 SI그룹 회장이 박병철에게 전화하여, 지금 자신을 길러 준 어머니가 자신을 유괴했었다는 사실을 말했었다. 그로 인하여 배신감을 느낀 박병철이 최악의 상황을 만든 것이라 모두가 생각하였다.

반면에 의뢰인은 박병철을 유괴하게 된 이유를 그에게 말했었다. 학대받는 아이를 구해 주고 싶어 유괴하였다고 하였다.

두 어머니가 자식을 위하여 한 행동이라 여겼었다. 학대받는 아이를 곁에 둘 수 없어, 다른 사람이 데리고 가는 것을 보고만 있을 수밖에 없었던 SI그룹 회장. 그리고 학대 받는 사실을 알고, 그 아이를 대신 기르고 싶었던 의뢰인. 두 여인 모두 어머니의 마음으로 박병철을 대한 것이라 생각하였었다.

하지만 모든 것이 틀렸다.

학대받는 아이를 보낸 SI그룹 회장. 그리고 그 아이를 유괴하여 학대한 의뢰인. 그 오랜 시간 동안 버티며 수많은 생각을 하였고, 꼭 그 두 여인에게 복수를 하겠다고 다짐하였던 박병철이었다. 그리고 오늘. 그 모든 것에 대한 종지부를 찍으려 하였던 박병철이었다.

"3일 후. 우리가 의뢰를 받은 시점의 미래에서는 박병철이 체포되고, 죄 없는 아이가 죽었습니다. 그리고 현실을 기준으로 하루 후의 미래에서는 아이의 목숨은 구했으나, 그 충격이 꽤 클 것이었습니다. 그리고 현실인 오늘은…… 아이를 무사히 구하였고, 박병철은 유아 유괴 혐의로 체포된 것입니다."

박 팀장이 여전히 울고 있는 두 여인을 보며 이번 사건의 미래와 그리고 현실 세계의 결론을 말해 주었다.

"그런데 임무 중, 처음 듣는 것이 너무 많았습니다. 충분히 의뢰인이 그 사실을 말해 줄 수 있는 것이 많았는데, 왜 그 모든 것을 숨겼습니까? 그 내용만 제대로 알려 주었다면, 이 임무의 끝은 또 달랐을 것입니다."

선우가 그녀의 말을 들은 후, 의뢰인에게 시선을 주며 물었다.

"모든 것을 사실대로 말하면, 이 의뢰를 받지 않을 것 같았다고 하였습니다. 그래서 많은 것을 숨겼다고 하였습니다."

선우는 임무 중, 의뢰인이 너무나 많은 내용을 숨기고 일을 의뢰한 것에 대한 이유를 알 수 있었다.

자신의 죄가 너무나 커, 그 죄를 모두 발설하면 의뢰 자체가 성립이 안 될 것이라 여겨 숨긴 것이었다.

그녀의 그 개인적인 생각으로 인하여, 결국 충분히 막을 수 있었던 많은 것을 놓치게 된 임무였다.

선우와 박 팀장이 모두가 떠난 자리를 보며 대화를 나누고 있을 때도, 실장의 선글라스 속 눈동자의 떨림은 여전히 멈추지 않고 있었다.

"그만 돌아가시죠."

가만히 서 있는 실장에게 박 팀장이 말했다.

"그래, 돌아가야지. 그리고 이선우 씨."

실장은 선우를 불렀다.

"내일은 휴가를 드리겠습니다. 그리고 그 다음 날이 토요일이며, 일요일이니, 아이들과 행복한 연휴를 보내고 월요일 뵙도록 하겠습니다."

실장은 선우에게 하루의 휴가를 주었다. 선우는 그에게 정중히 인사하였고, 몇 시간 전, 실장을 향해 강한 어조로 뱉은 말에 대해 사과하는 행동을 취하였다.

세 곳의 세상에서 박병철은 단 한 번의 살인을 저질렀다.

그 세계에서 박병철은 살인자로 남겠지만, 나머지 두 곳의 세상에서는 그 큰 죄는 모면한 세상을 살게 될 것이었다.

상황은 정리되었다. 비록 박병철이 경찰에 잡히지 않고, 모든 것을 해결할 방법은 없었다. 그렇지만 죄 없는 한 아이의 희생은 의뢰를 받은 후부터 막은 것이었다.

모두가 떠났다. 하지만 선우는 분수대에 앉아 멍하니 어두워지고 있는 하늘을 보고 있었다.

"태주는…… 아내에게 잘 인도되었나?"

선우를 남겨 두고, 회사로 돌아가던 실장이 박 팀장에게 물었다.

"네, 실장님."

"이선우 씨가 아니었으면, 난 어찌 되었을까……."

실장은 평소와 달리, 선글라스를 벗으며 붉어진 눈동자에 맺힌 눈물을 닦으며 말했다.

"결국 실장님의 아들인 태주가 이선우 씨의 아들인 영민이의 운명을 대신 하였지만, 결국에는 이선우 씨가 두 아이의 운명을 모두 구한 것이 되었습니다."

박 팀장이 말했다. 그리고 실장의 입에서 나온 태주란 아이.

그 아이는 실장의 아들이었다. 미래를 보고 온 선우가 영민이를 구했고, 현실 세계에서 영민이의 운명을 대신 한 실장의 아들도 선우가 구하게 된 것이었다.

이로써 3일 후의 미래와, 하루 후의 미래, 그리고 오늘.

서로 다른 세 곳의 세계에서 살아가고 있는 그들의 운명은 모두 바뀌어 버렸다.

선우는 날이 저물도록 분수대에 앉아 있었다. 그리고 어두운 밤하늘을 보며 자리에서 일어섰다.

"미래…… 그곳에서 나와 아내. 그리고 두 아들은 어찌 살아가고 있을까……."

선우는 홀로 중얼거리며 집으로 향하였고, 그의 뒤로는 낮에 있었던 일을 모르는 사람들이 서로 웃으며, 놀이동산을 나서고 있는 모습이 보였다.

"아빠! 학교 다녀오겠습니다!"

어찌 돌아와 어찌 잠들었는지 모를 어제였다. 지민이의 우렁찬 목소리에 잠에서 깬 선우는 지민을 보았고, 그 옆으로 아직도 눈을 비비며, 잠이 들 깬 영민이가 유치원 가방을 둘러메고 서 있었다.

"그래. 오늘도 신나게 놀고 오렴. 그리고 누차 말하지만, 절대! 모르는 사람을 따라가는 일은 없어야 한다!"

"네, 아빠!"

"영민이는 왜 대답이 없지?"

선우는 지난날의 기억을 다시 하고 싶지 않았다, 그래서 두 아들에게 두 번 다시 이런 일이 일어나지 않도록 당부하였고, 지민이는 큰 소리로 답하였지만, 답이 없던 영민이에게 다시 물었다.

"네…… 아빠."

영민은 아직도 잠에 취해 있었다. 힘없이 답하였고, 선우는 두 아들을 꼭 안아 주었다.

아내는 두 아들을 데리고 집을 나섰다. 영민이를 유치원에 데려다 주었고, 지민이를 학교 앞까지 데려다 주었다.

선우는 거실에 앉아 TV를 켰다.

[금일. SI그룹 회장이 자신의 잃어버린 아들에 대해 해

명하였습니다. 그녀는 과거 22년 전, 남편이었던 장 모 씨에게 학대받는 아들을 두고 볼 수 없어 서울 소재 모 동물원에 아이를 버렸다고 하였습니다. 그리고 그 아이를 서 모 여인이 데리고 와서 길렀지만, 잘못된 모정으로 인하여, 두 여인의 아들이 된 박 모 씨는 어제 저녁 자신이 버려졌던 서울의 모 동물원에서 한 아이를 유괴하려다 이를 알고 미리 출동한 경찰에 의해 현장에서 체포되었습니다.]

어제 있었던 일이 뉴스에 나오고 있었다.

이는 4일 전 의뢰인이 일을 의뢰할 때 나왔던 뉴스와 같은 것이었다.

하지만 내용이 달랐다. 그때의 뉴스는 박병철이 아이를 죽였다는 내용이 전파를 탔을 것이다. 그리고 하루가 지난 3일 전 뉴스에는 박병철이 아이를 죽이려다 미수에 그친 내용이 전파를 탔을 것이다. 그리고 어제의 일은 하루가 지난 오늘, 박병철이 그저 아이를 유괴한 혐의를 받고 있다는 내용으로 뉴스가 전해지고 있었다.

[SI그룹 회장의 아들인 박병철 씨가 그의 아버지에게 학대받은 이유는 박병철 씨가 SI그룹 회장의 혼외 자식이라는 사실이 밝혀지면서부터 시작된 학대라 하였습니다.]

뉴스는 곧바로 SI그룹 회장의 과거에 대한 내용도 함께 내보내고 있었다.

이는 사생활적인 문제지만, 이 모든 것을 SI그룹 회장이 스스로 언론을 통해 말하고 있었다.

혼외 자식으로 태어난 박병철. 그를 학대한 아버지. 그로 인하여 자신의 자식을 구하고자 SI그룹 회장이 선택한 것. 결코 잘한 것은 아니었다.

하지만 뒤늦게라도 자식을 버린 것에 대해 사죄하며, 훗날, 좋은 결과가 두 어머니와 박병철에게 찾아갔으면 하는 생각을 하고 있는 선우였다.

그리고 선우는 자신의 아들인 영민이를 대신한 아이가 실장의 아들이라는 사실을 결국 모르고 넘어갔다.

두 아들이 없는 평일을 아내와 단둘이 보냈다. 데이트도 하였고, 모처럼 연예 시절의 기분도 맘껏 즐겼다.

"내일은 우리 동물원에 갈까?"

선우는 토요일인 내일 가족끼리 동물원 나들이를 제안하였다.

영민이가 가장 반겼고, 지민이도 찬성하였다. 이내 아내는 앉은 자리에서 벌떡 일어나 냉장고를 열고 있었다.

"왜?"

그녀의 행동에 대해 선우가 물었다.

"김밥. 우리 영민이가 김밥을 얼마나 먹고 싶어 했는데요. 내일 나들이 가서 맛있는 김밥을 먹어요."

4일 전, 아내가 열심히 하나하나 만들었던 김밥이 떠올랐다. 지민이는 그 김밥을 담은 도시락을 가지고 견학을 갔었지만, 영민이는 가지 못하였다.

아내는 영민이에게 그 기분을 느끼도록 해 주고 싶었다. 그리고 선우는 영민이와 한 약속을 지켰다.

결코 기억 속에 담아 두고 싶지 않은 두 번째 임무를 끝내고, 달콤한 휴식을 가족들과 보냈다.

월요일 아침 일찍 회사로 나섰다.

"휴일 잘 보내셨습니까?"

회사에 들어서자 실장이 웃는 얼굴로 선우를 반겼다. 어찌 보면 선우보다 더 마음이 조여 왔던 인물은 실장일 것이다. 선우는 미래의 삶에서 아이를 잃었지만, 자칫 실장은 현실 세계에서 선우의 아들인 영민을 대신하여 자신의 아들을 잃을 뻔하였다.

"실장님과 박 팀장님께서도 휴일 잘 보내셨습니까?"

선우는 실장의 인사에 미소를 보이며 물었다.

"금일. 이선우 씨의 세 번째 임무가 주어질 것입니다."

"네? 벌써요?"

"왜? 싫으십니까?"

"아닙니다. 지난날 실장님께서 하신 말씀이 떠올라서요. 한동안 신입사원들의 일이 없어 입사하고 한 달 만에 퇴사하는 경우가 잦다고 하셨는데, 저에게는 연이은 일이 계속 주어지니…….”

선우는 어색한 미소를 지으며 말했다.

“어떤…… 임무입니까?”

어색한 미소와 함께, 머리를 긁적거리며 물었다.

“과거입니다. 때는 1938년 종로입니다.”

실장은 선우의 물음에 조금은 굳은 표정으로 때와 장소를 말해 주었다.

“1938년이면 일제강점기 시대네요. 그리고 종로면…… 혹시…….”

“맞습니다. 바로 주먹들이 활개 쳤던 종로입니다.”

선우는 멍하니 실장을 보고만 있었다.

나이 마흔 살이다. 그리고 지금까지 주먹질이라고는 초등학생 때 이리저리 막 휘둘러 본 것이 마지막이었다.

그런데 한 시대의 획을 그었던 주먹들의 삶에 끼어들라는 말과 같이 들리고 있었다.

“농담…… 이시죠? 전 신입사원입니다. 이제 이 회사에서 단 두 번의 임무를 수행하였습니다. 그런데…….”

“어려운 일이라는 것은 알고 있습니다. 그리고 위험하다는 것도 알고 있습니다. 하지만 그 외의 임무가 없습니다. 만에 하나 위험성이 높다고 판단된다면, 언제든지 말씀하셔도 됩니다. 그 즉시 임무 포기와 함께, 그 임무에는 다른 사원이 배치될 것입니다.”

선우는 실장의 말을 들은 후, 잠시 동안 그와 박 팀장을 번갈아 보고 있었다.

두 사람의 표정에서도 이 일에 대해 자신이 완수하기는 불가능할 수도 있다고 여기는 표정들이었다.

그래서 옵션이 붙은 모양이었다. 바로 중도 포기 가능. 하지만 오히려 이 말이 선우를 더 자극하였다. 지금까지 무슨 일을 하던 간에 중도에 포기하는 경우는 없었던 선우였다.

다만 회사에서 더 이상 필요성을 느끼지 못하여 자신을 내치는 경우만을 겪었다. 그에 대해 반박하고자 하는 동료들도 많았지만, 선우는 회사의 방침대로 따랐고 아무런 말없이 회사를 나왔다.

그것이 선우 일생에서 유일하게 종착지까지 가지 못했던 일로 남아 있었다.

"하겠습니다."

결정지었다. 중도 포기라는 옵션이 그를 자극하기도 하였지만, 그 옵션이 그에게 도전할 수 있는 마음을 가지게 하였다.

실장의 말처럼 도저히 해결 불가능하며, 위험도가 높다고 여긴다면 중도 포기를 선언할 수 있는 특혜가 있다. 쉽게 말해 보험을 들어 두고, 일을 벌이는 것과 같았다.

"다시 말씀 드리지만, 위험할 수도 있습니다. 그리고

그 시대에는 일본군, 경찰이 조선인을 향해 총을 쏘는 경우도 허다하였습니다."

"알고 있습니다. 비록 TV를 통해 접했던 시대지만, 그 시대를 알고 있습니다."

실장의 표정은 처음보다 더 굳어졌다. 그의 표정은 선우가 차라리 하지 않겠다고 말했으면, 오히려 더 환하게 펴졌을 것 같았다.

〈『아빠는 신입사원』 제2권에서 계속〉

아빠는
신입
사원

1판 1쇄 찍음 2015년 1월 19일
1판 1쇄 펴냄 2015년 1월 22일

지은이 | 엉뚱한 앙마
펴낸이 | 정 필
펴낸곳 | 도서출판 **뿔미디어**

편집장 | 이재권
기획 · 편집 | 윤영상

출판등록 | 2002년 9월 11일 (제1081-1-132호)
주소 | 경기도 부천시 원미구 소향로 17(두성프라자) 303호 (우)420-864
전화 | (032)651-6513 / 팩스 032)651-6094
E-mail | bbulmedia@hanmail.net
홈페이지 | http://bbulmedia.com

값 8,000원

ISBN 979-11-315-6222-2 04810
ISBN 979-11-315-6221-5 04810 (세트)